LA NOTTE CHE HO DIPINTO IL CIELO

ESTELLE LAURE

LA NOTTE CHE HO DIPINTO IL CIELO

Traduzione di
Giovanna Scocchera

DeA

Titolo originale: *This Raging Light*
Traduzione dall'inglese: Giovanna Scocchera
Coordinamento redazionale: Alice Cominotti

Prima edizione in lingua inglese: Houghton Mifflin Harcourt
Publishing Company, 2015
Published by arrangement with Folio Literary Management,
LLC and Berla & Griffini Rights Agency

Redazione: corso della Vittoria, 91 – 28100 Novara
www.deagostinilibri.it

Per i miei figli,
Lilu Sophia e Bodhi Lux,
che amo immensamente

14° giorno

Mamma sarebbe dovuta tornare a casa ieri dalle sue due settimane di vacanza. Quattordici giorni. Ha detto che le serviva una pausa da tutto quanto (ovvero noi) e che sarebbe tornata in tempo per il primo giorno di scuola. Considerato cosa ho ricevuto con la posta di ieri, un po' me lo sentivo che non si sarebbe fatta viva, eppure ho continuato a sperare tutta la notte, a sperare che fosse solo la mia paranoia, e che il mio istinto praticamente infallibile avesse preso un granchio colossale, per una volta. Ma non ho sentito cigolare la porta d'ingresso, né scricchiolare il legno dei pavimenti, così sono rimasta a guardare il sole che sorgeva sulla parete, sapendo già dentro di me come stavano le cose: siamo sole, io e Wrenny, almeno per il momento. Wren e Lucille, Lucille e Wren. Farò quel che c'è da fare. Nessuno dovrà separarci. Il che significa mantenere il più possibile la normalità. O meglio, fare finta che tutto sia normale, perché la realtà dei fatti non potrebbe essere più diversa.

La normalità se n'è andata via insieme a nostro padre.

Ho provato uno strano senso di sospensione mentre pettinavo i capelli a Wren e, a sentire lei, le stringevo troppo le trecce, poi preparavo il caffè, la colazione, il pranzo per tutte e due, le prendevo i vestiti, lo zaino, la accompagnavo al suo primo giorno di quarta elementare e intanto salutavo la gente del quartiere cercando di evitare chiunque potesse azzardarsi a chiedere che fine aveva fatto mia madre. Ma evidentemente ho sbagliato tutto. Non ho seguito l'ordine giusto.

Per prima cosa dovrei fare il caffè e prepararmi. Wren dovrebbe vestirsi dopo la colazione, non prima, perché è una che si sporca parecchio quando mangia. Si dà il caso che da questa mattina non le piaccia più il tonno («Sembra vomito»), anche se fino a ieri lo adorava, e l'ho scoperto solo quando il panino era bell'e pronto nel portapranzo e dovevamo già essere fuori di casa. Ho smistato le montagne di panni afflosciati, ho ripiegato le mie cose, appeso quelle di mamma, sistemato con cura i vestiti di Wren nella sua cassettiera, ma a quanto pare non c'è più niente che le stia giusto. Come ha fatto a crescere così tanto in due sole misere settimane? Forse perché questi quattordici giorni sono sembrati un'eternità.

Queste sono tutte cose che mamma faceva senza che

se ne accorgesse nessuno. Ora invece me ne accorgo. Me ne accorgo perché lei non c'è. Me ne accorgo perché lei non le fa. Vorrei stuzzicare Wren, capire come mai non mi chiede dov'è sua madre il primo giorno di scuola, perché non è qui. Forse perché in fondo sa che prima o poi sarebbe successo, che tutto è iniziato la sera che è venuta da noi la polizia e che questa non è altro che la necessaria, inevitabile conclusione?

Certe volte le cose si sanno e basta.

A ogni modo ho fatto tutto quello che avrebbe fatto mamma. O almeno ci ho provato. Ma l'universo sa bene che sto recitando una parte, che sto fingendo di seguire le istruzioni di un manuale che mi piacerebbe tanto avere. Comunque, quando ho salutato Wren dandole un bacio sulla testa scura e liscia, lei è entrata di corsa a scuola. Questo dovrà pur contare qualcosa.

È una giornata mite. L'estate non sa ancora che sta per finire, e percorro a passo svelto i nove isolati che separano la scuola di Wren dalla mia. Quando varco il portone del liceo sono ormai in un bagno di sudore.

E ora eccomi qui. In classe. Il motivo che Wren canticchiava lungo la strada mi martella in testa con il suo ritmo fastidioso da canzonetta pop. Sono un po' in ritardo per l'ora di inglese, ma lo sono praticamente tutti, il primo giorno di scuola. Presto ognuno saprà esattamente dove deve andare e quando, a che posto sedersi. Saremo delle brave pecorelle.

Eden è già qui, sempre puntuale, in tempo per reclamare il posto che vuole per sé, il braccio appoggiato sullo schienale della sedia vuota accanto alla sua, finché non mi vede e lo lascia cadere lungo il fianco. L'ora di inglese è l'unica che abbiamo in comune quest'anno, il che è un vero schifo. Non è mai successo prima. Mi piace di più quando possiamo affrontare la giornata a fianco a fianco. Almeno, però, i nostri armadietti sono vicini.

È una tipa fichissima, ma in un modo tutto suo. Non è di quelle che se la tirano, piuttosto è il tipo che osserva, aspetta e capisce: è una che sa usare la testa. Ha folti capelli rosso fuoco che scendono oltre lo schienale e indossa la sua armatura, ovvero il giubbino di pelle. Può sembrare eccessivo per un settembre a Cherryville, New Jersey, se non fosse che in questa scuola tengono l'aria condizionata a palla e quindi fa freddo come al cinema. Ora che ci penso rimpiango di non aver portato un giubbino anch'io, rimpiango di non aver messo qualcosa di caldo nello zaino di Wren, ma sono certa che alle elementari le cose vadano meglio. Forse la direzione del liceo ha deciso che congelarci può servire a tenere a bada i nostri ormoni scatenati.

Si sbagliano.

Il professor Liebowitz mi lancia un'occhiata quando vado a sedermi. Ho bruscamente interrotto il suo tradizionale discorsetto nevrotico sull'anno scolastico, su come questa volta non si lascerà impietosire dalle nostre buffonate, e sul fatto che essere all'ultimo anno non ci autorizza a fare i cretini e ad avere carta bianca su tutto. O forse mi ha guardato male perché anche lui sa di papà. Sono circondata da risatine stupide, ma è come se Eden e il suo giubbino di pelle smorzassero ogni suono. Finché ho lei, non mi preoccupo. E comunque non è che frequenti chissà quante altre persone. Digby sarà anche suo fratello gemello, ma è con me che Eden condivide qualsiasi cosa.

A proposito: Liebowitz assomiglia a un pensionato, quindi può brontolare e fare avanti e indietro per l'aula quanto vuole, tanto non serve. Si capisce che è un tenerone, che non vede l'ora di andare a casa per mettersi un bel golf di lana e pantofole comode, e poi prendersi meravigliosamente cura delle sue piante e magari fargli anche ascoltare un po' di Frank Sinatra. Gli passerà. A inizio anno è sempre molto rigido. Come dargli torto? Il liceo è un autentico manicomio. Servono sbarre alle finestre, guardie di sicurezza all'esterno. Ma qui non lo farebbero mai.

Eden mi scalcia il piede con il suo e mi riporta alla realtà. Realtà che non mi piace, quindi le restituisco il calcio, chiedendomi se questo giochetto fra noi due rientri nella categoria buffonate.

«A cena da me?» mima con la bocca.

«Wren» le rispondo, sempre in silenzio. Alzo le spalle.

Anche senza volerlo, i miei occhi le parlano di mia madre.

Scuote la testa. Poi sussurra: «Che stronza».

Alzo di nuovo le spalle, cercando di non guardarla.

«Porta anche Wren. Mia madre può sfamare l'intero pianeta.»

Annuisco.

«C'è anche Digby.» E mi dà un altro calcio sul piede.

Mi immobilizzo. Osservo Liebowitz mentre dalle sue labbra pallide e sottili escono parole.

«Del resto vive a casa tua, no?» le rispondo. Super imbarazzo.

«Signorine» dice Liebowitz con una cantilena ammonitrice. «Siamo solo al primo giorno. Non costringetemi a separarvi.»

Provaci, vorrei tanto dirgli. *Provaci e vediamo se ci riesci. Vai piuttosto a dar da mangiare al pesce rosso e ad annaffiare le piante. Infilati il golfino e le pantofole e lasciami in pace. Mettiti comodo in poltrona e fatti un pisolino.*

Quando io e Wrenny risaliamo la collina fino a casa di Eden a bordo della preistorica Toyota Corolla di mamma, Digby e suo padre, John, sono fuori che giocano a basket. Mi viene voglia di fiondarmi subito dentro, perché altrimenti potrei restarmene lì imbambolata tutto il giorno, a guardare. Provo una fitta di qualcosa che non so descrivere, nel vedere un padre e un figlio che giocano a palla come dovrebbe succedere tra padri e figli. E siccome sta succedendo proprio davanti ai nostri occhi, vorrei coprire la faccia di Wren con la mano, per non farle vedere cosa si perde.

Il che mi riporta alla realtà. «Wren.»

«Che c'è?» Si sta asciugando il naso con la camicia mentre legge il libro che ha sulle ginocchia, ed è un tantino sporca, i capelli unti e arruffati nonostante i miei sforzi di stamattina. A un certo punto le trecce hanno ceduto ed è ritornata allo stato brado.

«Sai che mamma non si è fatta vedere ultimamente, vero?»

Smette di leggere. Si irrigidisce. «Sì» risponde.

«Be', non vogliamo che si sappia in giro, okay? Non devono saperlo neanche Janie, Eden, Digby o John.»

«Ma mamma è in vacanza. Si sta riposando. Tra poco torna.»

«Sì, okay» le dico «comunque non lo diciamo a nessuno, perché magari non lo capiscono. Magari si fanno un'idea sbagliata.»

«Tipo che ci ha lasciato per sempre?» Nella testa di Wren frullano molte più cose di quelle che posso immaginare.

«Può darsi, o magari solo un po' più a lungo del previsto.» Mi allungo verso la maniglia dello sportello perché non riesco a guardarla. «Qualcuno potrebbe farsi questa idea.»

«Non è vero, però» ribatte. «Lei è mamma.»

«Certo che non è vero.» Bugia.

«Quindi chi se ne frega di cosa pensa la gente?»

«Wren, non lo dire e basta, okay?»

«Okay.»

«Certe cose sono riservate.» Apro lo sportello, poi mi sporgo verso di lei per tentare inutilmente di pulirle la camicia con il pollice. «Come il fatto che mamma è in vacanza. Intesi?»

«Ho detto okay, okay?» Scende dall'auto e mi aspetta, guardandomi come se fossi la più grossa scocciatura sulla faccia della Terra. «Ehi, Lu?»

«Che c'è?» rispondo, preparandomi al peggio.

«Sai qual è il colmo per un ciccione? Essere nato sotto il segno della bilancia.»

Dovrei dirle che non mi piace per niente questa sua nuova ossessione per le barzellette sui grassi, ma non mi va di perdere tempo, così faccio una mezza risata e mi metto in moto. Voglio entrare in casa alla svelta, perché c'è anche quell'altra faccenda. Cioè il motivo per cui sudo anche da ferma. Cioè Digby, che conosco da quando avevo sette anni ma che ultimamente mi fa sentire una completa cretina, una totale rimbecillita. Se mi chiedete come mi chiamo quando lui è nei paraggi, è probabile che non sappia rispondervi.

Magari riuscirei solo a dire: «Lllll...lllllllu...» e dovreste asciugarmi la saliva che mi cola sul mento.

Lo so. Non è un bello spettacolo.

Sul serio, però: alto, umido di sudore e senza maglietta, con tutti i muscoli in bella vista. Non si può dire che luccichi, considerato che è più bianco del bianco e che quando si abbronza si riempie di lentiggini, proprio come adesso, dopo un'intera estate trascorsa all'aria aperta. Ma vedergli i capelli incollati sulla fronte, il corpo lungo e snello mentre gira intorno a suo padre per fare canestro, mi fa venire voglia di rotolare fuori dalla macchina, mettermi in ginocchio sul vialetto, intonare *Signore pietà, alleluia*, scrivere poesie e dipingergli ritratti, e adorare la curva assolutamente perfetta del collo che incontra la spalla.

È bellissimo.

Ed è per questo che, quando mi dice ciao mentre gli passo davanti, non faccio il minimo tentativo di rispondergli. A parte il fatto che è il gemello di Eden e la cosa è già di per sé un po' strana, i problemi sono principalmente due. Primo: è fidanzato con la stessa ragazza dalla notte dei tempi. Sono sempre appiccicati, le lascia portare il suo giubbotto, praticamente hanno già firmato il certificato di matrimonio. Che il Cielo benedica la loro cavolo di unione. Secondo: se mai avessi una qualche speranza con lui, tipo se mai mi baciasse o che so io, morirei per implosione. So che sembro una dodicenne che sbava dietro il suo divo del cuore, invece della donna in erba, calma e sicura di sé, che sono in realtà, ma in lui c'è qualcosa che mi fa perdere la testa. Il modo in cui si muove, il suo modo di essere... mi sconquassa. Quindi spero che non mi baci mai. Sarebbe un vero disastro. E nessuno deve vedermi crollare miseramente. Lui meno di chiunque altro.

O forse io, meno di chiunque altro.

La mamma di Eden, Janie, ha fatto le polpette. Non è capace di cucinare per solo quattro o sei persone, visto che si occupa di catering e organizzazione di eventi, e quindi il frigo è sempre pieno di ciò che resta di antipasti e stuzzichini. Se deve preparare un piatto, lo prepara in quantità industriale. Dal profumo che c'è in casa si capisce che la carne è rimasta a cuocere nel sugo tutto il giorno. Questa essenza di polpetta si è insinuata in ogni angolo.

Resto un minuto a osservarle, Eden e Janie. Due rosse che si affaccendano al bancone della cucina open-space nuova di zecca, di spalle. È tutto assolutamente perfetto nella loro casa dei sogni, proprio come lo desideravano, e la cucina sembra quasi un prolungamento di Janie. Eden e sua madre si assomigliano molto, tranne per il fatto che Janie ha un'aria più raccolta di Eden che, come sempre, appena uscita da scuola si è infilata la sua tenuta da danza, quasi fosse una seconda, indispensabile pelle. Janie ancheggia contro il sedere di Eden, e lei ricambia la spinta. Giocano come facciamo noi con i piedi. A Eden piace un sacco. Stanno tagliando gli ingredienti per l'insalata, rilassate ma efficienti al tempo stesso, e soprattutto insieme. Passo un braccio intorno a Wren e me la stringo al petto proprio quando Beaver Cleaver, il *goldendoodle*, le salta addosso e Janie si accorge di noi.

«Ciao, ragazze» dice.

«Ciao, Janie» risponde Wren, buttandosi immediatamente a terra con il cane.

Io saluto con la mano.

«Che buon profumino» esclama Wren da sotto un ammasso di peli bianchi e ricci. «Fai un sugo alla vodka?»

Janie sorride. «Sugo alla vodka? Mi sembra un po' esagerato, no?»

«L'ho sentito in TV» risponde Wren saltando in piedi. «E l'ho visto al ristorante italiano. Lì hanno il sugo alla vodka.»

«Be'...» Janie indica il pensile in sala da pranzo e io comincio a tirare giù i piatti. «Grandioso, Wren. E comunque no, non è un sugo alla vodka. È un classico sugo alla marinara, ma spero che ti piaccia.»

«Oh, sì» dice Wren. «Mi piacerà di sicuro. Sono settimane che mangiamo pizza surgelata.»

«Non è vero» ribatto. È un'autentica esagerazione.

«Sì, tutto quello che cucina Lucille esce da una scatola.»

Avevamo un sacco di pizza nel freezer.

«E vostra mamma?» chiede Janie. «Se la cava bene in cucina.»

«Non c'è» risponde Wren, e poi mi guarda con un'alzata di spalle liberatoria. «È in vacanza» aggiunge.

«Oh, certo» dice Janie con un'impercettibile smorfia del viso.

«Vi va di guardare un po' di TV fino a che non si cena?» domanda Eden, infilandosi tra Janie e Wren.

«Dieci minuti» dice sua madre, riportando malvolentieri l'attenzione alla cucina. «Finite di apparecchiare, ragazze.» Mi piace prendere ordini.

«Sai» ribatte Eden «c'è qualcosa di molto sbagliato e sessista se noi siamo tutte qui a cucinare e a comportarci da brave casalinghe mentre i maschi sono fuori a giocare a basket.»

«Oh, santo cielo, Eden» risponde Janie mentre versa il condimento nella grande ciotola di legno dell'insalata. «Io adoro cucinare.»

«Sua altezza reale potrebbe almeno apparecchiare.» Tintinnio di bicchieri.

«Ho pensato che magari lui e papà potevano passare un po' di tempo insieme.»

«Sì, certo. E apparecchiare la tavola. Fare qualcosa di diverso, oltre a esibire le loro abilità neanderthaliane. Stai semplicemente incoraggiando e perpetuando i privilegi maschili, lo sai?»

«Eden, sto preparando la cena per la mia famiglia, il che mi rende felice.» Emette un sospiro profondo. «Non dovrei sentire il bisogno di scusarmi. E non c'è niente di male a lasciarli giocare ogni tanto.»

«Sì, ma quand'è che giochiamo anche noi, mamma? È questo che mi piacerebbe tanto sapere.»

Mi si gonfiano gli occhi. Il respiro si accorcia. Quanto sono stupide, a litigare per questo. Non hanno idea. Non hanno proprio idea.

«Lucille» dice Janie guardando oltre Eden. «Puoi farmi il favore di andare a chiamare i ragazzi? Digli che la cena è quasi pronta.»

Porca miseria.

Com'è possibile che una persona si trasformi da un semplice accessorio di quella casa che è la tua vita – un bel tavolino, per esempio – nelle sue stesse fondamenta, nel suo impianto idraulico, in quella trave portante senza la quale l'intera struttura crollerebbe? Com'è possibile che una minuscola e anonima stella diventi il tuo Sole?

Perché è così che è andata con Digby: un giorno era soltanto il fratello carinissimo di Eden, e il giorno dopo mi toglieva il fiato, mi faceva venire i brividi e attorcigliare le budella. È colpa degli ormoni? È un mio difetto di fabbrica? È il risultato di una disperazione interiore unita alla mia mancanza di personalità?

Ho cercato un milione di volte di capire qual è stato il momento in cui è diventato così fondamentale per me, ma non ci riesco. So solo che gli stupidi e fastidiosi sentimenti che provo hanno compromesso la mia capacità di comportarmi in modo normale quando lui è nei paraggi, e che vorrei tanto colmare lo spazio che ci separa stringendolo in un abbraccio. Credo che mi volatilizzerei del tutto. Ridicolo.

Ed ecco perché sto guardando il piatto che ho davanti. Anzi, lo sto fissando. Mangio la mia unica polpetta (a quanto pare mi si è chiuso lo stomaco) mentre Eden e Digby si scambiano battute una dietro l'altra. Nessuno si accorge di me, e io ho paura di alzare gli occhi, perché ho Digby esattamente di fronte.

Wren si abbuffa di polpette. Il sugo le cola sul davanti della camicetta.

«Oddio» esclama rivolta a Janie «tu sei un genio culinario.»

Con la coda dell'occhio vedo Janie raggiante.

«Puoi venire tutte le volte che vuoi» le dice. «Sei ufficialmente la mia ospite preferita.» Inforca degli asparagi, sorride e ripete: «Culinario». Scuote la testa. «Allora, Lucille, quanto starà via vostra madre?»

Per sempre. «Dovrebbe tornare tra un paio di giorni.»

«Sta bene?» *Da quando*... vorrebbe aggiungere. *Dopo che*... Janie è sempre molto attenta e presente.

Wren china la testa verso di me, e io mi sblocco.

«Ve la cavate bene da sole?» insiste Janie.

«Sì, assolutamente» rispondo, infilzando anch'io qualche asparago. «Mamma tornerà.»

Tutto si ferma. Niente più movimenti a tavola.

«Ovvio» dice Janie. La sua forchetta batte leggera sul piatto. «Certo che torna.» Prende un boccone e mastica. «Le ho lasciato un paio di messaggi, sai. Giusto per sapere se aveva bisogno di aiuto. Non ha risposto alle mie chiamate.» Scatta subito la segreteria. Eh, già, ne so qualcosa. «Vorrà dire che si sta divertendo molto. Si vede che le serviva.» C'è qualcosa nel suo tono di voce che non combacia con l'espressione del viso.

Mi sforzo di incrociare il suo sguardo. Annuisco. Le offro un timido sorriso. Riportando l'attenzione sul piatto, quelle due infide biglie gelatinose che ho al posto degli occhi si fermano su Digby e mi sento travolgere da una scarica di adrenalina, degna di una corsa sulle montagne russe. Lui abbassa lo sguardo, arrotola una forchettata di spaghetti, e si concentra su sua madre e su ciò che sta raccontando del matrimonio che organizza per il fine settimana.

Io sprofondo, e do un calcio a Eden sotto il tavolo. Per iniziare il nostro solito gioco.

Sa di mia madre.

Digby sa tutto.

«"Tutte le cose veramente malvagie nascono da un atto innocente"» dice Eden.

Janie è impegnata con Wren a fare dei biscotti, così dopo cena ce ne andiamo in camera di Eden, dove lei si piega e si allunga in un modo che mi fa stare male, perché non sono cose adatte al corpo umano. E poi Eden ha dei piedi orribili, e quando me ne punta uno dritto in faccia, non di proposito ma perché sta facendo uno dei suoi assurdi contorsionismi, devo girarmi da un'altra parte.

«Sei malata» dico davanti a un alluce gonfio, un'unghia violacea e spezzata, un lembo di carne sanguinolenta.

«Hemingway» precisa lei, e il piede svolazza sempre più su.

«Sul serio. Devi fare qualcosa, sembra ci sia un'infezione.»

«Tutte balle» risponde. «Ma mi ascolti?»

«Hemingway» ripeto, chiedendomi che aiuto può darmi.

«Nessuno *sogna* di diventare una persona meschina, men che meno malvagia.»

«Forse i serial killer?»

«Neanche loro, scommetto. I disturbi della personalità complicano un po' la mia teoria, ma devi pensare che anche loro sono stati bambini, un tempo. Non possono farci niente se la genetica gli ha remato contro. Provo tanta compassione» dice.

«Le hai dato della stronza.»

«È proprio come dico io.»

«Cioè che mia madre è una persona malvagia?» A volte vorrei che lo dicesse e basta, invece di farmi fare tutta questa fatica.

«No che non lo è. Ma si comporta come tale. Deriva da un qualcosa di innocente...»

«Però è comunque una persona meschina.»

«E una stronza.»

«Bene» dico, anche se non va bene per niente. Proprio per niente.

«Ma provo comunque compassione per lei. Non dev'essere facile. E adesso anche per te.»

«Per me.» Mi frullano dei numeri in testa.

Fisso il soffitto, il punto sopra il letto di Eden dov'è appeso un foglio con una frase: ATTENTO, BEL CAVALIERE. NON C'È MOSTRO PEGGIORE DELLA RAGIONE.

«Credici» dice, indicando la scritta con un bruttissimo dito del piede.

«Devo fare pipì» le rispondo.

«McCarthy» mi informa lei, mentre mi do alla fuga.

E vedo Digby, che mi sta venendo incontro lungo il

corridoio: bagnato, con t-shirt e pantaloncini puliti, in un'atmosfera stranamente intima. Mi fa pensare che poco fa era completamente nudo.

Si allunga a toccarmi. Allontana la mano dal fianco, dov'era inerte, penzoloni. Ora invece è sveglia, reattiva. Mi sfiora la spalla, poi scende giù lungo il braccio, scivola sulla mia mano. E poi se ne va. Riprende a camminare. Non mi ha neppure guardata.

Mi ritrovo davanti a una foto di famiglia. È incredibile che il terremoto che mi si è scatenato dentro non faccia cadere tutte le cornici appese al muro. Mi brucia la pelle. Tutto il sangue che ho in corpo si riversa lì dove lui mi ha toccata.

Una guerra.

Uno scontro all'ultimo sangue.

A volte, penso mentre entro nel bagno pieno di vapore come uno zombie stordito, ci sono cose lente che succedono in fretta e tu non riesci a cogliere l'attimo, non riesci a capire se è stato qualcosa di importante, se è stato reale oppure te lo sei solo immaginato. È già accaduto, passato. Ma l'ha fatto veramente? Mi ha davvero sfiorato con la mano? Sul serio? Si è preso delle libertà? E wow, doppio wow: se basta così poco per mandarmi in tilt, quello che ho detto prima sull'eventualità che mi baci vale dieci, cento, mille volte di più.

Nel punto dove mi ha toccato, sul braccio, ora c'è una cicatrice. Si sta formando sulla mia pelle, è azzurrina, quasi lucente, come accade a volte alle bruciature, dopo un po'. La pelle ustionata è nuova, e allo stesso tempo rovinata per sempre.

Sono molto teatrale.

Tiro lo sciacquone. Mi lavo. Esco.

Eden.

«Che accidenti hai?» dice accarezzando BC, il cane, che nel frattempo è salito sul letto e ora le sta disteso sulle ginocchia, ansimante.

Le lancio un'occhiata.

«Sei ubriaca? Ti sei fatta di qualcosa mentre eri via?»

E se Digby per caso potesse sentirla, ovunque si trovi adesso?

«Biscotti!» grida Wren dalla cucina. Sembra al settimo cielo.

Quando siamo di nuovo tutti intorno al tavolo a ingozzarci di biscotti con cereali e gocce di cioccolato (tranne Eden, non lo farebbe mai), Digby mi passa accanto. Continua a non guardarmi. Non c'è nessun legame segreto. Prende la palla lì vicino, saluta vagamente con un cenno in direzione del tavolo ed esce.

Sono le quattro di mattina. Il mio stomaco sta digerendo quell'unica polpetta, una quantità esagerata di acqua frizzante e diversi biscotti. Ovviamente non riesco a dormire.

Nella mano destra stringo un mucchio di carte.

Dentro queste carte ci sono dei numeri. Bollette. Elettricità. Benzina. Assicurazione auto. Bollette trimestrali che si sono accumulate la scorsa settimana. Acqua. Rifiuti. E poi c'è il telefono. Sì, anche quello. Quello bisogna pagarlo. Se mamma decidesse mai di chiamarci, bisogna che funzioni. Ci serve da mangiare, e a Wrenny servono dei vestiti nuovi. Anche a me, se è per questo, ma facciamo finta che non l'abbia mai neanche pensato.

La mia mano destra trema più forte.

Nella mano sinistra – ebbene sì, signore e signori, ragazze e ragazzi – stringo un'immacolata e lucida banconota da cento dollari. Ecco perché so che è ancora viva. Ecco cosa ho ricevuto con la posta di ieri. Ecco perché so che mia madre è ancora fra noi. Non si è presa una botta in testa. Non ha un'amnesia. Non è morta sul ciglio di una strada. Semplicemente non è qui. È da qualche altra parte. Cento dollari arrivati in una busta senza mittente e con un francobollo da cui deduco che viene dalla California. Probabilmente è laggiù in compagnia di vecchi amici, magari a riscoprire il suo passato o qualcosa del genere. C'è un biglietto di accompagnamento: *Ci sto provando. Vi voglio bene, mamma*. Tutto qui. Ecco tutto ciò che ha scritto, gente.

Che cosa significa? Sta provando a tornare da noi? Sta provando a stare meglio? A trovare lavoro? Forse è solo un modo per non costringerci a sguinzagliare l'FBI. Ottima strategia. Vorrei tanto ricordarla come una persona che conosco bene, di cui so prevedere i comportamenti. Mi verrebbe voglia di mettermi le mani sui fianchi, guardarla dall'alto in basso e dirle che provare non è abbastanza, cara la mia signorina.

Sì, mamma. Ci sto provando anch'io.

Faccio scorrere la banconota davanti agli occhi, lascio che mi solletichi le ciglia. Una volta, ricevere una banconota da cento dollari sarebbe stata la cosa più grandiosa del mondo, una promessa di acquisti illimitati al negozio di giocattoli, oppure qualcosa da conservare per un momento speciale.

Ma adesso no. Adesso fa parte di una grande equazione con un unico risultato: sono fregata. So che aveva intenzione di tornare. Non mi ha lasciato né bancomat né libretto degli assegni, né soldi nascosti in giro per casa. Se avesse saputo di andarsene via per sempre mi avrebbe lasciato qualcosa. Non è malvagia, o almeno non lo era all'inizio. Comunque lei non è qui, e io non ho quello che mi serve per andare avanti. Mi ha lasciato solo la macchina e questa casa.

E Wren.

La mia mano sinistra è diventata un pugno.

27° giorno

Sono al parco. È una bellissima giornata. Sole che splende, uccellini che cinguettano, brezza leggera. Il tipo di giornata che uno spera sempre di avere, né troppo umida né troppo fredda. Assolutamente perfetta. Peccato che io tremi come una foglia e faccia fatica a respirare.

Abbiamo quasi finito da mangiare. Ho ufficialmente perlustrato ogni angolo della casa in cerca di un ultimo spicciolo. Dentro ai barattoli, sotto i cuscini del divano, in fondo alle tasche. Ho preso un sacchetto di monetine impolverate, incrostate e appiccicose e le ho portate alla macchinetta della lavanderia automatica per scambiarle con delle banconote, ma non ho ricavato molto. Quanto manca prima che mi ritrovi in ginocchio davanti a un'assistente sociale, supplicandola di lasciarmi tenere mia sorella, di lasciarmi almeno quello?

Wren è sull'altalena, vola in alto e ride con un'amica. Gioca da un po' con questa sua compagna di scuola, Melanie, e voglio che si senta normale, quindi resto qui anche se avrei una montagna di cose da fare. Melanie ha delle perline sugli elastici che fermano le trecce e luccica da capo a piedi. Mi piace guardarle dondolare spensierate in una giornata così bella, anche se ogni volta che l'altalena sale io penso alle bollette, e ogni volta che scende penso ai soldi. La sorella di Melanie, Shane, è seduta accanto a me sulla panchina. Sono arrivate da poco in questa zona e il loro mondo inizia e finisce praticamente al liceo, quindi è normale che non conoscano molte persone. Ma ora io devo conoscerla. Almeno un po'.

Mi ha fatto qualche domanda tra un SMS e l'altro. Ne riceve a raffica, perciò è parecchio presa, ride molto e commenta ogni messaggio che le arriva con un'esclamazione. Ieri ha cominciato a parlarmi. Voglio farle delle domande, ma non voglio dare risposte, quindi me ne sto zitta e buona, le mani sulle ginocchia.

«Dieci minuti!» urla a Melanie. «E non me lo fare ripetere un'altra volta.» Le vibra il cellulare. Lo controlla. Scuote la testa. «I ragazzi sono stupidi, sei d'accordo? Arrivano sempre quando non li vuoi, e scappano via quando li vuoi.»

Sorrido. Annuisco. Da lei arrivano di sicuro. È scura, esotica, sicura di sé ma disponibile. Dev'essere una tipa divertente.

«Hai un ragazzo?» mi chiede.

«No.»

«Sei gay?»

«No.»

«Detesti gli uomini?»

«Oddio, no!»

Mi prende in giro. Ridacchia.

«Lavoro?» mi domanda.

«In che senso?»

«Intendo i tuoi genitori. Quella è tua sorella, no?»

«Sì.»

«Quindi tua madre lavora, giusto?»

«No.» Perché l'ho detto?

«E allora dov'è?»

Alzo le spalle. Mi sale un enorme nodo in gola.

«Sei da sola?»

Lo dice come se fosse la cosa più normale del mondo, e le sue domande sono così rapide che non ho il tempo di pensare.

«Sola con lei?» chiede.

Non dico niente. So che una non-risposta è comunque una risposta, ma non mi va di parlare. Non conosco questa ragazza, eppure qualcosa dentro mi dice di fidarmi. Il mio silenzio non sembra infastidirla, e mi lancia uno sguardo penetrante. Inutile. Ho già capito che è una di quelle persone che vedono le cose per come sono. Glielo leggo nel modo in cui ha inclinato la testa.

«Avevo un'amica, quando eravamo ancora a casa nostra, a Hoboken. Si chiamava Janine e badava giorno e notte ai due fratelli più piccoli. Però ricevevano il sussidio dei servizi sociali, ci aveva pensato sua madre. Ma poi, quando se l'è filata, Janine ha continuato a incassare gli assegni. Per un po' ha funzionato. Per lei, però, è stata durissima.» Si interrompe. «Prendi il sussidio?»

Vorrei schizzare via come un proiettile.

«Ho fame, Lu» mi dice Wren da lontano. «Possiamo andare da Eden?»

No, non possiamo andare da Eden.

«Mia madre fa l'infermiera a Flemington» riprende Shane, come se non avesse sentito niente. «Ecco perché siamo finite in questo cavolo di posto. Lavora solo tre giorni a settimana, ma fa orari assurdi. Soprattutto nel weekend.» Indica Melanie. «E così in quei giorni mi tocca gestire quell'impiastro, e per il resto del tempo ho il mio lavoro. Non mi lamento, però. È brava.» Tira fuori dei chewing gum dalla borsa. Me ne offre uno. Decido di accettarlo, ed è buono. «Brava a combinare guai.» Si appoggia su di me con la spalla. Mi spinge in un modo che di solito mi fa venire voglia di rispondere con un'altra spinta. Ma non lo faccio.

«Quindi ci pensi tu, a lei?» chiedo timidamente. «Quando tua madre è al lavoro?»

Shane sorride come se avesse vinto qualcosa. So

che lo fa perché sono riuscita a pronunciare una frase di senso compiuto. Mi si avvicina ancora.

«Esatto, e certe volte è una gran rottura di scatole, ma bisogna fare quel che c'è da fare.»

«Quel che c'è da fare» ripeto, pensando a tutte le cose che mi aspettano.

«Sei veramente bloccata, lo sai?» dice Shane. Mi squadra da capo a piedi. «Devi lasciarti un po' andare.» Mi passa in rassegna con lo sguardo. «Ce l'hai qualche soldo?»

Per poco non scoppio a piangere.

«Potresti trovarti un lavoro» mi consiglia. «Conosci il ristorante Fred's? Stanno cercando un aiuto cameriere.»

Sì, conosco il Fred's. Lo conoscono tutti. Recensito su tutte le principali riviste, attira gente da ogni dove. Pare che Fred sia chissà quale dio della cucina contornato da un esercito di belle ragazze pettorute. Non ci sono mai stata. È metà locale per esibizioni varie, e metà ristorante messicano. Completamente fuori dagli schemi. O almeno così si dice. Mi spaventa.

«Oh» fa Shane arricciando il naso. «Capisco. Non è alla tua altezza.»

Non intendevo questo.

Gesticola verso Melanie, che è dall'altra parte del parco, e lei la ignora del tutto. «Mi dispiace per te» prosegue, sollevando gli occhiali da sole per controllare di nuovo il cellulare. «Ieri sera ho fatto duecento dollari.»

Duecento bastano per pagare la bolletta della corrente elettrica. In una sola serata?

Wren si avvicina di corsa e mi prende per mano. «Andiamo...» piagnucola. «Ho fame.»

«Vuole mangiare, hai sentito? Ti serve un lavoro» dice Shane alzandosi. «Tira su le chiappe da quell'altalena, Mel. È ora di andare!» Fa una bolla con il chewing gum e me la fa scoppiare davanti alla faccia. «Quando decidi di scendere dal tuo bel cavallo, fai un salto al ristorante. Se ti sbrighi, penso che ti assumerebbero. Ci siamo appena giocati una cameriera. Ha buttato via il grembiule e se n'è andata. Non reggeva la pressione.»

«Io non...»

«So di tuo padre» mi bisbiglia all'orecchio in modo che Wren non possa sentire. «È pazzo, no?»

Sento che la mia faccia ha cambiato colore.

Wren mi lascia e corre incontro a Melanie.

«Tranquilla» dice Shane dandomi un colpetto sulla spalla. «Sono pazzi tutti quanti, sai. Lo capisci dopo un po'. Cambia solo il tipo di pazzia e la nostra voglia di conviverci oppure no. Questo lo decidi tu. Per il resto, non puoi farci nulla.»

«Guarda che cosa mi ha insegnato Melanie» dice Wrenny, e le vedo saltare e darsi schiaffi sul sedere contemporaneamente, un numero di coordinazione piuttosto complesso per delle bambine di nove anni.

«Bravissime!» esclamo, cercando di non dare a vedere che mi è quasi venuto un infarto, quando Shane ha nominato papà.

Applaudiamo, poi prendo lo zainetto di Wrenny, accanto alla panchina. Infilo la mano in tasca e accarezzo il cellulare muto e presto inutilizzabile e la mia ultima banconota da dieci.

«Fred's, giusto?» ripeto. «Pensi davvero che mi assumerebbero?»

«E brava la mia ragazza!» risponde Shane. «Hai un numero di telefono?»

Fiducia. Cosa significa, veramente? Quando ti fidi di qualcuno è come consegnargli il coltello con cui poterti pugnalare. Questo lo so per certo. Sarò anche nervosa e agitata, ma Shane può aiutarmi ad avere il frigo pieno, a tenere le luci accese, a pagare l'abbonamento TV per far vedere a Wren i suoi programmi di cucina. Può aiutarmi a non farci separare.

Forse mi tremerà la mano, ma devo consegnare il coltello a questa ragazza, un'estranea, anche se so che la lama è affilata e potrebbe farmi molto male.

Anche Digby ha in mano un coltello.

E anche Eden.

Adesso anche Shane.

Sono un sacco di coltelli.

Mi sembra di sentire le lame che mi solleticano il

collo e spero che le mani che le stringono siano ben ferme.

Dunque...

Con i miei ultimi dieci dollari compro:

- due etti di prosciutto;
- un filone di pane bianco (è l'unico che riesco a far mangiare a Wren);
- due lattine di Coca-Cola (non provate a giudicarmi);
- un cespo di lattuga (lo so: valore nutritivo pari a zero);
- una mela (una Fuji, perché è l'unico tipo che mi piace, mai farinosa).

Mangiamo i nostri panini fuori, perché è troppo bello per starsene rinchiusi in casa. Tracanniamo le bibite, e mentre Wren parla e canta, mi torna in mente di quando Eden e Digby abitavano nella casa accanto e avevamo una lunga veranda comunicante. Da piccole, io e Eden ci lasciavamo delle cose sulla ringhiera bianca che divideva la veranda. Se lei si dimenticava le scarpe a casa mia, le mettevo lì e prima o poi non c'erano più. Quando ancora avevo tempo per leggere, Eden mi lasciava dei libri con dei post-it a contrassegnare le pagine che le piacevano di più. Eden e Digby vivevano nella metà più graziosa e organizzata della casa, io invece ero intrappolata in un mondo sregolato, distorto. Perché diciamolo: eravamo una famiglia, quando c'erano ancora mamma e papà, ma non siamo mai stati neanche lontanamente come loro. Non ho mai pensato che le cose potessero cambiare. Non sapevo ancora che tutto cambia, sempre. È una legge dell'universo. Vorrei che qualcuno me l'avesse detto. Non prestavo particolare attenzione al fatto che ci fossero. Erano una presenza fissa. Credevo sarebbero rimasti per sempre.

Invece loro sono andati avanti con la loro vita, e noi indietro.

Poi è arrivata la signora Albertson con i suoi bigodini e il suo onnipresente bicchiere di limonata, che tiene in mano anche in questo preciso istante, mentre si accomoda sulla sedia a dondolo dove un tempo c'era il divanetto di Eden, addossato al muro esterno di mattoni. Ci vede e fa un cenno con il capo. «Ciao, ragazze.»

Salutiamo con la mano ma continuiamo a mangiare. Abbiamo fame.

«Come state?»

«Stiamo bene.» Wrenny si infila in bocca l'ultimo morso. «Vuole vedere cosa ho imparato al parco?»

Si lancia nei passi del suo balletto. In questo momento mi sembrano più osceni che eccezionalmente complicati. Deve per forza esserci tutto quel roteare di bacino?

«*Mmmm*» fa la signora Albertson, esprimendo il suo parere tra le rughe della fronte.

Devo spazzare la veranda.

«Come sta vostra madre?» chiede.

«Bene» rispondo io. All'improvviso il panino è troppo grande per la mia bocca, quasi non riesco a mandarlo giù. «È molto impegnata.»

Wren si appoggia all'indietro e diventa completamente immobile.

«È da un po' che non la vedo.»

«Già, lavora parecchio. Fa l'infermiera a Flemington. Ha orari assurdi.» Mi esce così.

«Oh.» La signora Albertson beve un sorso di limonata, ha l'aria confusa. «Non sapevo che facesse l'infermiera.»

«Eh, sì» dico. «Prima che nascesse Wren. Si è impegnata tanto per prendere la qualifica valida in New Jersey e tutto il resto, e ce l'ha fatta. Sono molto fiera di lei. Lavora davvero un sacco. È sempre stanchissima, con tutta la fatica che fa per noi.» Ho passato il segno. Devo andarci piano. E poi non parlo mai così tanto. Potrebbe insospettirsi.

Wren tamburella con un dito sulla ringhiera. Canticchia a bocca chiusa.

«Be', salutala da parte mia» dice la signora Albertson.

«Non mancherò» rispondo. È un'espressione che non uso mai. «E lei come sta?» Il cuore mi batte a velocità supersonica e vorrei solo entrare in casa, ma non voglio darle l'impressione di scappare.

«Oh, bene. Ancora mi domando perché accidenti ho comprato questa casa. Dopo che è morto Geoffrey, e con tutti e cinque i miei figli ormai fuori casa, mi sembrava logico ridimensionare gli spazi. Ma le mie gambe non miglioreranno di certo, no?» Si accarezza una coscia. «Avrei dovuto tenere conto delle scale.» Prende un altro sorso di limonata. «E ringrazio di poter mangiare lo zucchero. Non ho ancora il diabete.» Dà un colpetto sulla ringhiera e sorride.

«Credo che dobbiamo tutti ringraziare delle piccole cose.» Sembra la cosa giusta da dire.

La signora Albertson si allunga così tanto in avanti che riesco a intravedere il petto floscio e grinzoso che nasconde sotto la camicetta abbottonata. «Sì, cara la mia signorina Lucille» dice. «Non ci resta altro che questo.»

Spingo Wrenny oltre la zanzariera a battente e poi oltre la porta di legno scorticato, fino alla pace della nostra sgangherata dimora. Oddio, pace: su questo avrei da ridire. Più che altro è tutto smorzato, attutito. Ci ritroviamo in uno strano silenzio. Wren non è mai così muta.

Mentre attraversiamo la casa vedo che:

- bisogna cambiare le piastrelle del pavimento e la tavoletta del water si è allentata;

• il pomello della camera sul retro è venuto via, così, se la porta si chiude, per aprirla di nuovo serve un cacciavite;

• anche nello scaldabagno c'è qualcosa che non funziona: l'acqua calda arriva solo quando è accesa la lavastoviglie, il che non va bene;

• l'altra sera, il portasciugamani si è staccato dal muro mentre cercavo di appendere la salvietta dopo aver fatto il bagno a Wren. Devo aggiustarlo.

Questa casa è in balia di uno spiritello stronzo che sa che i miei genitori non ci sono e ha deciso di rompere tutto.

Ci infiliamo nel letto di mamma e accendo la TV sul buon vecchio canale di cucina. Per fortuna c'è il programma preferito di Wrenny. La conduttrice ci sorride beata e prepara il suo arrosto mentre Wren si abbandona al sonno accanto a me.

Mamma aveva intenzione di dipingere un cielo sul soffitto della camera di Wrenny. Così aveva detto. Una settimana prima di andarsene si è procurata un centinaio di cartoncini con i colori campione e ha fatto scegliere a Wrenny il suo preferito. Ha persino comprato la vernice e tutto il resto. Credevo stesse meglio, ma poi ha cercato di vedere papà per un'ultima volta e quando ha scoperto che era stato dimesso e aveva chiesto di non dare a nessuno, nemmeno a sua moglie, informazioni su dove si trovasse, è andato tutto a rotoli. È completamente sbarellata. Prima di allora, però, per un paio di giorni era sembrata davvero euforica. Come se avesse voglia di rimettere insieme i pezzi e ricominciare. Credevo potessimo contare di nuovo su di lei.

Come colore, Wren aveva scelto un azzurro Tiffany. Diceva che siccome la sua camera aveva solo una finestra, e piccola per giunta, ci voleva dentro il cielo, e mamma le aveva risposto che se quello era il suo desiderio, l'avrebbe accontentata.

Le latte di vernice mai aperte sono ancora accostate alla parete, sotto i segni che Wren ha lasciato con un paio di scarpe sporche. Dopo tutto, mi sembra abbia poca importanza che non se ne sia fatto più niente. Da quando mamma se n'è andata, mia sorella non ha passato una sola notte in camera sua. Neanche io, se è per questo. Dormiamo tutte e due nella stanza di mamma, perché c'è un letto abbastanza grande per entrambe e anche la TV. Credo che all'inizio volessimo come tenerle in caldo il letto, adesso invece lo scaldiamo per noi stesse. Noi due insieme. La porta della camera di Wren è quasi sempre chiusa, tranne quando deve entrare a prendere o lasciare qualcosa. Preferiamo che resti così.

Calano le ombre. Wren mi stringe forte.

Quando mamma la metteva a letto le cantava una canzone o le leggeva un libro finché non si addormentava. Certe notti, quando andavo a letto presto, le loro chiacchiere smorzate erano come il ronzio di un ventilatore che mi trasportava, tra musica e risate, verso i miei sogni. E io? Io fisso il soffitto, una mano sulla schiena di Wren. Inspiro. Espiro. Vita.

Mamma se n'è andata con una sola valigia e una borsa per il computer, ha detto che voleva raccogliere le idee e che sarebbe tornata presto. Che avremmo potuto sentirla per telefono e che ci avrebbe comunque chiamato ogni giorno. Quando le abbiamo chiesto dove stesse andando, ci ha risposto che non lo sapeva. Ma qualcosa deve pur aver saputo. Stava andando da qualche parte. Ci ha lasciato un freezer pieno e alcune centinaia di dollari, mi ha detto che le bollette del mese in corso erano già state pagate, e poi via. Era un po' confusa, occhi sgranati e spenti. Ci ha a malapena abbracciate prima di salire sul taxi per l'aeroporto.

Era come se non ci vedesse, come se fossimo dei fantasmi. Ma ormai lei era solo un guscio vuoto. La mamma che conoscevo non c'era già più, se n'era andata da un pezzo. Quindi, più che salutarla, abbiamo lasciato andare ciò che restava di qualcosa che era comunque un ricordo sbiadito.

Non ci ha mai telefonato.

Ora Wren mi stringe intorno alla vita, quasi incosciente. Mi appoggia la testa sulla spalla. I suoi capelli puzzano di cane bagnato, e non perché sia stata effettivamente vicina a un cane bagnato, ma perché (così ho scoperto) le bambine sanno di cane bagnato quando non si lavano i capelli e la loro testa trasuda di ormoni pre-adolescenza. Allunga un braccio sopra la mia pancia, schiaccia il tasto che toglie il sonoro alla TV.

«Mamma non fa l'infermiera» dice, la voce smorzata dal contatto con il mio corpo.

«No» rispondo.

«Tu hai detto di sì.»

«È vero, piccola Wrenny.»

«Okay.»

Vorrei tanto chiedere alla testolina di Wren cosa possiamo fare. Che futuro ci aspetta? Non vedo nient'altro che un buco nero, uno spazio vuoto là dove dovrebbero esserci il college, i ragazzi, del cibo. Se non faccio qualcosa, presto la casa si disintegrerà e crollerà del tutto. Qualcuno scoprirà che stiamo qui da sole, io e Wren ce ne dovremo andare e ci separeranno, mi disattiveranno il cellulare. Se le succede qualcosa, mamma non potrà mettersi in contatto con noi. E ammesso che torni, avrà quell'aria fiacca. Non si sforzerà di stare meglio. Non lotterà. E allora saremo perdute, abbandonate all'oblio.

Le banconote da cento dollari inviate da un'anima in pena non risolveranno un bel niente.

* * *

Wren sta russando. Ormai fisso il soffitto da una vita.

Sento il cellulare che vibra sotto il cuscino. Non penso neanche per un secondo che possa essere mamma. C'è solo una persona che può mandarmi SMS a quest'ora della notte.

TOC TOC, dice. È Eden.

CHI È?, riesco a scrivere, sopra la testa di Wren.

VIENI GIÙ AL FIUME

ARRIVO

Abbiamo un posto speciale. Si prende il sentiero che costeggia il fiume e poi si scende, dopo il vecchio vagone ferroviario. Non sappiamo come sia finito lì in mezzo agli alberi, infilato tra le rocce. Ci siamo sempre chieste perché non ci venga mai nessuno, visto che è chiaramente il posto più fico della città. È perfetto per starsene a guardare il fiume e parlare. Un tempo, nelle giornate più calde, passavamo ore e ore con i piedi a mollo nell'acqua, circondate dalla vegetazione rigogliosa e dalla frescura dell'ombra: era l'inizio della nostra amicizia, quando avevamo deciso che saremmo state inseparabili e per dimostrarlo avevamo comprato delle catenine identiche in finto oro. Avevamo persino fatto una specie di giuramento di sangue. Se ne era occupata Eden. C'erano volute settimane perché la ferita guarisse. Proprio come quando mi aveva fatto il buco alle orecchie, sempre lì tra le rocce. Dovrei starle alla larga quando ha in mano qualcosa di affilato.

Ne sono successe così tante, in questo posto.

Ora ci veniamo di notte, col buio, perché è l'unico momento in cui possiamo starcene per conto nostro. E prima di giudicarmi male per aver lasciato Wrenny a casa da sola, sappiate che una volta non si è svegliata neanche durante un terremoto a Disneyland e che probabilmente abitiamo nel posto più sicuro della Terra. E comunque non mi importa. Datemi pure dell'irresponsabile.

Eden è praticamente un faro. Appollaiata sulla sua roccia preferita, con gli scaldamuscoli e la felpa nera col cappuccio, sembra risplendere nella notte, il che dovrebbe essere impossibile considerato quello che indossa. Sarà per via della sua pelle ultrapallida.

La abbraccio un po' più a lungo di quanto dovrei. Qui non è come a scuola, o come a casa sua. Siamo solo noi due, non ci sono testimoni. Mi piace l'idea che le cose che ci diciamo qui siano al sicuro, che le parole ci escano di bocca ed entrino nel terreno, facendo crescere alberi che custodiscono segreti tra le foglie.

«Ho paura» dico, prima ancora di sedermi.

«Lo so.» Si stringe le ginocchia e china la testa di lato, come un'agile e luminosa fatina del bosco.

«La Albertson ha cominciato a fare domande e la casa sta cadendo a pezzi, e Wrenny non so come la stia vivendo. E se cerco di pensare al futuro, ho il vuoto totale in testa.»

Si ravvia una ciocca di capelli dietro l'orecchio.

«Almeno non hai un affitto o un mutuo da pagare. Sia ringraziata tua zia Jan.» Si fa il segno della croce. «Riposi in pace, naturalmente.»

«Ci sono le tasse» rispondo. «È arrivato il conto proprio oggi.»

«Hai bisogno d'aiuto, Lu» dice. «Non puoi farcela da sola.» Tira fuori una sigaretta dalla tasca. Tutte le ballerine fumano, sostiene. Per mantenere il peso. Mi piace l'odore, il modo in cui riesce quasi a entrare anche nei miei polmoni. Su di lei non è orribile come sugli altri. Forse è perché addosso ha sempre un profumo di caprifoglio e salgemma. Si mescolano in un aroma piacevole, come di un cioccolato particolarmente raffinato. Fa un lungo tiro. Cenere. «Be', mancano nove mesi e poi avrai diciott'anni, no?»

So che vuole consolarmi, ma sembra un tempo troppo lungo per resistere. Ed è la prima volta che qualcuno ha il coraggio di insinuare che forse mia madre non tornerà più. E cosa succederà, una volta compiuti diciott'anni? Allo scoccare della mezzanotte tutto tornerà magicamente a posto? Forse potrebbero nominarmi tutrice di Wren, ma poi? Tutta la vita che abbiamo davanti?

«Fa' in modo che mia madre non lo venga a sapere» dice. «Farebbe di sicuro la cosa sbagliata. E comunque ha già cominciato a chiedere. Non è stupida.» Tira fuori qualcosa dalla tasca. Mi infila in mano delle banconote. È una fatina del bosco che non si perde in chiacchiere. «Penso che dovresti tenerti alla larga da casa mia per un po'. Stare in campana. Magari si dimentica di impicciarsi. E nel frattempo comprati da mangiare. E fammi pensare. Troveremo una soluzione.»

«Insieme» aggiungo, mentre fisso i soldi che ho in mano. Bastano per un paio di giorni di scorte. Sono soldi che mi piacerebbe poter restituire, ma non posso. Senso di colpa. Vergogna. Gioia. Quante emozioni.

«Certo, insieme.» Sorride. «Sei o no la mia super migliore amica del cuore?»

Rido. È riuscita a farmi ridere. Sembra sia passato un secolo dall'ultima volta. Un'eternità.

Infilo le banconote in tasca e la osservo di nuovo. «Pensi che mia madre ci voglia bene?» le chiedo.

Mi guarda un po' troppo a lungo, sceglie le parole con la massima attenzione. «Non importa se vi vuole bene o no.» Infila le mani dentro le maniche, le lascia cadere penzoloni.

«Sul serio?»

«"Ogni emozione deve tradursi in azione, altrimenti è inutile."»

«L'hai detto tu?»

«Certo che no» risponde. «Virginia Woolf.»

«Ah.»

«Sai cosa penso, mia piccola Lulu?» Eden muove su e giù la zip della felpa, come se quel gesto bastasse a farle uscire la risposta. So che vorrebbe tanto avere delle risposte da darmi. «Penso che tua madre vi voglia bene. Vi voglia così tanto bene che magari non fa altro che piangere tutto il giorno. Dal dispiacere.» Mi guarda, mi attraversa con gli occhi. «Ma se non torna, se non potesse tornare – per qualche complicato motivo che la tiene lontana anche se sa benissimo cosa state passando e cosa potreste passare senza di lei – dimmi, cara la mia Lu, dimmi che differenza fa, eh?»

In nome dell'azione, io e Eden ci caliamo nel pragmatismo più totale. Tira fuori dalla tasca una penna e il suo blocchetto degli appunti e cominciamo a stilare una lista.

Fase uno: Rispondere al messaggio di Shane e fare quel colloquio di lavoro da Fred's domani, anche se la cosa mi spaventa un sacco.

Fase due: Se ottengo il posto, Eden starà a casa con Wrenny due giorni a settimana. Come scusa dirà che ha delle lezioni extra di danza. Quattrocento dollari a settimana dovrebbero bastare. Per lo stretto necessario, certo, ma farebbero già una gran differenza.

Fase tre: Pagare conti e bollette uno alla volta, in ordine di importanza. Stranamente, ricarica del cellulare e abbonamento TV sono al primo posto. Dopo la corrente elettrica, s'intende.

Fase quattro: Andare a scuola e fare in modo che ci vada anche Wrenny e che faccia i compiti, così nessuno si insospettirà.

Fase cinque: Ricordarsi di sorridere ogni tanto.

Eden mette tutto per iscritto, aggiunge uno smile divertente, strappa la pagina dal blocchetto e me la infila in mano. «È un inizio» dice. Poi mi guarda in modo strano.

«Che c'è?»

«Niente.»

«No, sul serio. Cosa c'è?»

«È che sto cercando di immaginarti con addosso gli shorts.»

«Sta' zitta» le dico.

«Non credo che da Fred's siano ammesse le tute.»

«Oh, santo cielo.»

«E neanche frasi tipo: "Oh, santo cielo".»

«Oh, santo cielo!»

«Ti serve un nuovo look.»

«Sta' zitta.»

«E devi ampliare il tuo vocabolario» aggiunge. «"Sta' zitta" e "Oh, santo cielo" non ti faranno ottenere il posto. Esercitati su qualcosa del tipo: "Ehi, bello, come lo preferisci il tuo taco? Morbido? O duro?"» Pronuncia "duro" in maniera oscena, spingendo il petto in fuori e dimenandosi.

«Oddio!» esclamo, e scoppiamo a ridere. Poi penso a voce alta. «Non mi prenderanno mai.»

«E invece sì» ribatte. «Hai qualcosa anche tu... il problema è che sopra ci sono troppi strati.» Alza di scatto una gamba davanti alla mia faccia. «Devi toglierli tutti.» Non può pensarlo sul serio. «Fai finta di essere un'attrice che recita nello spettacolo della scuola o roba simile.» È un'idea totalmente assurda. Neanche la forza di mille mister Universo potrebbe convincermi a salire su un palcoscenico.

«E comunque non hai più otto anni» dice, accendendosi di un sorriso malizioso. «Comprati un rossetto, che cavolo!»

28° giorno

«Allora, cosa ti ho detto?» mi incalza Eden.

Siamo davanti al Fred's, in periferia, sedute nell'auto di mia madre. Sono lì per il colloquio e cerco inutilmente di sbirciare oltre le vetrate riflettenti dell'edificio rettangolare. Eden si sta mordendo il pollice, il che significa che è preoccupata.

«Mi hai detto di essere coraggiosa» le rispondo per dimostrarle che ricordo le istruzioni che mi ha dato.

«Esatto.» Eden si comporta come se bastasse ascoltare le sue raccomandazioni per far andare tutto liscio. «"Osa e vedrai che una forza misteriosa ti verrà in aiuto."» Mi fissa. «Questa non è niente male, sai. Dovresti impararla a memoria.»

«Okay» dico. «Ma poi non rimanerci male se non mi prendono.»

«Smettila. Avrai quel lavoro. Sei una bomba.» Prende tra le dita la mia t-shirt con lo scollo a V e la tira giù sul davanti. Io la risistemo. «Devi far vedere un po' di carne. Giusto un po'. Un minimo di scollatura.»

«Okay.» Tiro appena un po' più giù la maglietta.

«Sembri mamma» osserva Wrenny.

«L'ho presa dal suo armadio.»

«Non è per quello» replica Wren, e mi sento strana.

«Ci siamo, piccola» dice Eden, ingranando la retromarcia prima ancora di avermi fatto scendere del tutto dalla macchina. «Andiamo a divertirci.»

«Evvai!» esulta Wren.

«E ci sarà anche da ballare. Puoi scommetterci.»

«Evvai!» ripete.

«Mandami un messaggio quando hai fatto, così torno a prenderti.»

Annuisco.

Se ne vanno con la musica a tutto volume.

A quanto pare non sono abbastanza sexy.

«E questo che diavolo significa?»

Più che al proprietario di un ristorante, Fred assomiglia a uno scienziato pazzo. Capelli brizzolati, occhiali con la montatura di corno, pantaloni corti, calzettoni e zoccoli. Non so cosa mi aspettassi di vedere, sulla scia dei vari pettegolezzi e delle stramberie che girano sul suo conto, ma di certo non questo. È tutta un'altra cosa. È come una versione culinaria di Hunter S. Thompson. Genio e sregolatezza nel mondo della gastronomia. Eden lo adorerebbe.

Shane, agghindata con la divisa di ordinanza – shorts e canotta nera assolutamente striminziti –, gli dà una pacca sulla spalla.

«Beth se n'è andata, giusto? Questa è la mia amica Lucille. Assumila e non ti agitare. È qui per salvarti le chiappe.»

«*Mmm*. È per via di Jimi Hendrix? Il tuo nome, intendo.»

Sono colpita. Non lo capisce mai nessuno. Annuisco.

Mi punta contro il dito ossuto. «Ma com'è vestita, Rach? Ti sembra una di noi?»

«Avanti, Freddie. È carina, anche vestita da vecchia.» Queste parole sono pronunciate dall'essere umano forse più bello che abbia mai visto. Capelli biondo platino, un corpo che mi fa venire voglia di piangere per l'invidia, e occhi così grandi da sprofondarci dentro. «Io sono Rachel» dice con voce soave mentre mi stringe la mano, mollemente. «Piacere di conoscerti.» Marilyn Monroe reincarnata.

«Ma parla?» chiede Fred. Si asciuga le mani bagnate sul grembiule e poi le piazza bene aperte sui fianchi, stile Peter Pan. Sembra percorso da un fremito, e sono convinta che mi odi. Sapevo di non essere giusta per questo posto. Come ho potuto farmi convincere da Eden?

Duecento dollari, penso. *Un mucchio di soldi*, penso.

Tento con un sorriso.

«Ehi, bella, smettila» mi sussurra Shane in un orecchio. «Così non va.»

«Sì, parlo» rispondo a Fred, costringendomi a guardarlo negli occhi.

Mi risponde con un sorriso da faina. «Be', okay, Chiacchierona, ho giusto una domanda per te. Sei pronta alla guerra?»

«Noi amiamo la guerra» dice Shane. «Giusto, bella?»

In linea di massima sono una pacifista, ma annuisco e aggiungo: «Io adoro la guerra».

«Bene, perché qui siamo su un campo di battaglia, e quando dico "Vai" spariamo proiettili. I miei piatti sono come granate. Tu tiri via la linguetta e le fai esplodere. Siamo corpi speciali, capito?»

Annuisco e dico: «Sì, certo, corpi speciali».

Nel frattempo sono entrate delle ragazze che si stanno affaccendando dietro di lui. Affettano lime e limoni, riempiono di miele delle bottigliette di plastica, lucidano le posate. Ascoltano Fred blaterare e si scambiano smorfie e occhiate alle sue spalle, ma sono anche sorridenti e felici. È un buon segno. Fred comunque sembra davvero schizzato. Il che mi ricorda quello che ha detto Shane. Sul fatto che abbiamo tutti un po' di pazzia. Forse quella di Fred non mi dispiace, tutto sommato.

«Mi stai ascoltando?» chiede.

«Sì, sto ascoltando.»

«Ti dico come stanno le cose.» Fa su e giù davanti a me, trascinando i piedi. «Qui si apre alle cinque e si chiude alle dieci. Fai parte dei Corpi Speciali di Fred dal momento in cui arrivi, alle quattro, fino a quando non hai finito di passare lo straccio e tutto il resto.»

«Okay.»

«Non combinare casini con i miei piatti o con la mia squadra e andremo d'accordo. Siamo una famiglia, e ci sosteniamo a vicenda, capito?»

Aspetta che gli risponda di sì, poi riparte.

«Bene. Mi servi quattro sere a settimana, dal lunedì al giovedì. Se vuoi lavorare i fine settimana devi guadagnarteli, oppure deve morire qualcuno del mio staff.»

Quattro sere. A Eden avevo detto due, e nessuno le crederà se racconta che ha lezione di danza fino a dopo le dieci. Ma non so cos'altro fare. Devo accettare questo lavoro, e ho la sensazione che Fred non sia affatto il tipo con cui cercare compromessi.

«Andata» dice.

Ho un sussulto. Per caso sono assunta?

«Sono assunta?» domando.

«Sarai il factotum di Rachel: porti acqua a chi te la chiede, porti gli ordini delle bibite. Chiedi a Val di prepararti i drink e sparecchi e pulisci dopo che i clienti se ne vanno. Procuri cannucce e salse extra. Chiedi ai tavoli se c'è bisogno di qualcosa. Fai in modo che la gente sia contenta e ben servita. Non lasci mai la sala a mani vuote e non rientri mai senza portare qualcosa. Ti devi muovere sempre. Qui non ci si siede. Vediamo come te la cavi.» Fa una smorfia furba. «Vediamo un po'.» Poi si rivolge a Shane, che sta riempiendo le bottiglie di ketchup dall'altra parte del locale. «Però non può lavorare così. Ci pensi tu, ai vestiti?»

«Un momento... Inizio già adesso?»

«Vedo se abbiamo qualcosa in magazzino» risponde Shane, e mi fa un occhiolino simpatico e amichevole, ma che mi invita anche a non discutere.

«Hai un bel fisico e una faccia niente male.» Fred si rivolge di nuovo a me girandosi sui tacchi di quegli stupidi zoccoli. «I miei corpi speciali sono una squadra di ragazze toste armate di *tacos*. Spariamo *burritos*, sganciamo bombe di *tamales*.» Lancia qualche pugno in aria. «Siamo una famiglia, ma voglio che la mia sia una famiglia sexy, quindi vedi tu come tirare fuori il meglio che hai, e andremo d'accordo.»

«E anche come portare un vassoio con sopra quattordici bicchieri d'acqua» dice Rachel, che riesce quasi a volare con eleganza nonostante i tacchi vertiginosi. «Non ti preoccupare, andrà tutto bene. Abbiamo avuto tutte il nostro primo giorno di lavoro.»

«Okay» rispondo, pensando ai duecento dollari che posso mettermi in tasca se sopravvivo a tutto questo. «Fate di me un corpo speciale ultrasexy.»

Una ragazza con capelli neri, frangetta arrotondata, unghie laccate di rosso e tatuaggi ovunque fa un verso di incitamento. È Val. «Andiamo, bella, firmiamo le scartoffie» dice. «Sei dei nostri.»

Oh, santo cielo, mi sussurra il pesce fuor d'acqua che si agita in me. *Lo spero.*

Stai. Zitto, gli ordino.

Sto sudando. Non ho mai sudato tanto in vita mia. Mi passo la lingua sulle labbra e le sento salate. Dovrei essere stanca, invece sono elettrica, completamente sveglia. È come se, infilandomi gli shorts neri di Shane e i tacchi alti di Rachel, mi fosse successo qualcosa. Le scarpe mi hanno fatto ancheggiare (e pure di corsa) per tutta la sala ristorante, e quando mi sono guardata allo specchio e ho visto la maschera di trucco che avevo in faccia – l'eyeliner nero, il rosso sulle labbra – ho capito che Eden aveva ragione, che dovevo solo fare finta di essere qualcun altro, essere coraggiosa.

Al ristorante è scattato qualcosa. Potevo solo pensare alle cose da fare, alle cose che mi chiedevano, e non c'era spazio per nient'altro nel mio cervello. Tutto il resto si è volatilizzato e siamo rimasti solo io e quella sala pulsante, rumorosa, esplosiva. Ho fatto cadere un vassoio di bicchieri pieni d'acqua sulla schiena di un cliente, e ho pensato che fosse la fine, ma quando mi sono girata a guardare verso la cucina, ho visto che Fred rideva. Da lì in poi, è filato tutto liscio.

Ora ho passato lo straccio, ho pulito i piani di lavoro, i barattoli del miele, l'interno dei frigoriferi. Ho coperto lime e limoni e ho messo a posto le bottiglie di ketchup. In tutto questo riesco a trovare un significato. Ogni serata ha un suo inizio. C'è caos, si corre di qua e di là, il rumore è assordante. Ma poi la porta si chiude e quando arrivo in fondo alla lista di cose da fare, quando tutte le caselle sono state spuntate, c'è anche una fine. La cucina è pulita. In sala c'è il silenzio assoluto. Sono tutti sfiniti ma contenti. Ci si spegne lentamente. Ordine.

E c'è un'altra cosa: ho scoperto di essere brava.

E poi ho in mano dei soldi, un sacco di soldi.

«Fatteli cambiare da Val in banconote da venti» dice Rachel.

«Oh, santo cielo, grazie!»

«Non ringraziarmi, tesoro. Te li sei guadagnati» risponde.

Ho fatto più di cento dollari.

Val è circondata di soldi, sta contando le banconote da venti, poi prende le mie da uno, cinque e dieci.

«Sei stata brava.» Fred mi coglie alla sprovvista. È senza grembiule, e a vederlo così sembra un normalissimo nerd con denti stranamente affilati e occhiali sporchi. Ha i capelli lisciati all'indietro, il viso pulito.

Ma indossa ancora calzettoni e zoccoli. Se lo incrociaste in giro per strada, non pensereste mai che è il comandante in capo di questo bizzarro impero.

«Grazie» gli dico. In Fred c'è qualcosa che mi fa venire voglia di dargli soddisfazione, e mi sento come se avessi preso un bel voto in un esame che pensavo di non superare.

«Credo che ti terremo.»

Ho una fitta allo stomaco.

«Evvai» esclama Shane, e mi abbraccia di slancio. «Te l'avevo detto, Freddie. Quando ti deciderai a darmi retta?»

Lui sorride e tira fuori una sigaretta dalla tasca. «Chiudi tu, Val?»

Mando un SMS a Eden per dirle che sono pronta, ma quando esco ad aspettare che venga a prendermi con la macchina di mia madre, trovo Digby a bordo del suo pick-up International arancione, simpaticamente ribattezzato La Bestia, e mi sciolgo del tutto.

Già mi dispiace, perché so che dovrò scuoiare la mia migliore amica per questo bello scherzo.

Conciata come sono sto praticamente congelando. Perché non mi sono rimessa i miei vestiti? Vorrei correre via, però sarebbe da maleducati, e poi fa freddo e non voglio tornare a casa a piedi. Quindi provo ad assumere un'aria normale mentre mi avvicino al pick-up.

Lui apre lo sportello del lato passeggero e mi saluta.

«Ciao» gli rispondo. Salgo, cercando di non fare rumori a contatto con la pelle del sedile.

«Eden mi ha chiesto di venire a prenderti. Wren si è addormentata e non voleva lasciarla da sola.»

Partiamo sferragliando un po', e mi sforzo di non guardargli le mani.

«Complimenti per i pantaloncini» dice, e capisco che sta sorridendo.

«Sono per il lavoro.»

«Non ti facevo come le ragazze di Fred.»

«La necessità aguzza l'ingegno.»

Ha un momento di imbarazzo. «Ti stanno bene. Non volevo sottintendere niente. Solo dirti che ti stanno bene. Hai delle belle gambe.»

Ora l'imbarazzo è mio. Mi stringo addosso i vestiti sperando di coprirmi un po' di più, ma con gli shorts non c'è niente da fare.

«È che mi sembri troppo timida per lavorare da Fred» aggiunge. «E non ti avevo mai visto le gambe prima. Sono belle.»

«Okay» rispondo. «Basta con i complimenti.» Silenzio. Ancora silenzio. «Comunque grazie. Poi magari non sono così timida come sembro» dico pensando alla serata appena trascorsa. «Forse quello timido sei tu.»

La cosa pare farlo riflettere. «Forse sì.»

Accostiamo davanti a casa mia. Non mi ero accorta di essere arrivata, è successo tutto in fretta.

«Puoi andare a chiamare Eden?» chiede.

«Certo.» Scendo. Lo guardo dritto negli occhi, di quel verde dolce e pulito che in lui sembra assolutamente normale. Mi costringo a fissarli, per vedere cosa c'è dentro. Specchi di luce. Minuscole stelle scintillanti. Ecco cosa c'è. Digby distoglie per primo lo sguardo.

«Buona notte, Lucille.» Lo dice come se fossi appena fuori dal suo finestrino.

«Ciao, Digby.» *Click*. Me lo imprimo nella mente così, girato dall'altra parte, molto probabilmente perché non riesce a guardarmi. «Vado a chiamare Eden.»

Eden sta leggendo, le gambe in spaccata come quelle di una bambola rotta. Wren è crollata sul divano.

«Allora?» Mi squadra dalla testa ai piedi senza mollare il libro. Faulkner. «Wow, stai proprio bene con questo look aggressivo.»

«Dici? Ottimo, perché penso che abbandonerò una volta per tutte Converse e tute da ginnastica, come su tua indicazione, e mi vestirò sempre così.»

«Quanto hai fatto?»

«Cento e otto dollari, per l'esattezza.»

«Niente male. È poi è un numero sacro. Un segno premonitore. Buone notizie in arrivo.» Chiude il libro con un colpo secco. «Digby è fuori?»

«Sì.» Provo a lanciarle un'occhiataccia. «E comunque grazie di avermi avvertita.»

«E di cosa dovevo avvertirti?» Infila il libro nella borsa senza guardarmi. «È solo Dig.»

«E com'è andata con Wren?» chiedo. «Tutto bene?»

«Oh, sì. Abbiamo ballato un po', fatto qualche compito, guardato *Il Boss delle Torte*. Ha preparato una specie di lucertola.» Eden sbadiglia. «Non so proprio come fa. Sputava fiamme dalla bocca e, se le mangiavi la coda, quella ricresceva. È una specie di dio.» Mi dà un rapido abbraccio, mi stringe le spalle. «Però è passata a trovarci la Albertson. Voleva parlare con tua madre.»

Mi blocco. «E tu cosa le hai detto?»

«Che è in vacanza.»

«Oh.»

«Cosa c'è?» mi domanda, già lontana. «Qual è il problema?»

Quante bugie...

La notte in cui tutto è finito

La notte che papà se n'è andato dormivo con la finestra aperta, perché era quel periodo dell'anno in cui la temperatura non scende mai più di tanto e papà non aveva ancora portato in casa i condizionatori che tenevamo di sotto. È una delle tante scelte che ora mi fanno pensare. E se la mia finestra fosse stata chiusa? E se il condizionatore fosse stato acceso e ronzante? Mamma sarebbe sopravvissuta?

Credevo che papà fosse un maiale.

Un maiale che mugolava e grugniva forte fuori dalla mia finestra. Solo che all'inizio non sapevo che fosse mio padre. Mi tirai su per capire da dove venisse quel verso tanto fastidioso, perché mi sembrava impossibile che un maiale fosse scappato da una fattoria e si trovasse in pieno centro. Poi il maiale pronunciò il nome di mia madre, non una ma tante volte di seguito, come un mantra animalesco.

«Lauralauralauralauralaura...» Una voce stridula. Di bestia. Non di uomo. E invece era papà. Me lo sentivo dentro. Nella saliva che mi riempiva la bocca. Nel mio petto palpitante.

«Zitto, tesoro» gli sibilò mamma dalla strada. «Entra in casa.»

Scesi dal letto barcollando, e con piccoli passi veloci arrivai alla finestra e mi accovacciai. Ma loro erano troppo a ridosso della casa perché potessi vedere qualcosa. Rimasi a fissare la via deserta, i cespugli perfetti del nostro vicino Andrew sul lato opposto, e tesi l'orecchio.

«Non posso, non posso» diceva mio padre. «Non posso tornare lì dentro.»

«Cinque gradini, Tony... cinque gradini e sei arrivato.»

«È tutta una bugia. Sono un fallito. Ho sbagliato tutto quanto.»

«Non è vero. Chi se ne frega di quello stupido aumento? Non conta niente.»

«Sei tu che me l'hai messo in testa. È tutta colpa tua.» La sua voce era sempre più forte e più stridula. «Sei stata tu.»

«Io? Che cosa ti ho fatto, io?» Aveva un tono di totale sconfitta.

«Volevi dei figli e te li ho dati. Volevi che la piantassi di suonare in giro e ho smesso. Volevi che mi trovassi un lavoro vero e l'ho fatto. Sei stata tu.» Si spostò di qualche passo e allora lo vidi: le sue spalle massicce, la sua t-shirt Bones Brigade vecchia e consumata che gli ricadeva sul petto, sulla pancia. Le mani tra i capelli. «Guardami. Guardami. Non sono un uomo. Sono una nullità. Ho fallito su tutta la linea. Dovrei essere su una tavola da surf, dovrei suonare, invece di piangermi addosso. Non ce la faccio più.»

«A fare cosa?» La voce di mia madre era così densa, cupa, che avrei voluto dirle qualcosa, ma lui proseguì.

«A continuare questa vita. Come impiegato faccio schifo. Sono un fallito. Lo vedi anche tu, no? Questa pagliacciata mi sta uccidendo. *Tu* mi stai uccidendo, mi state uccidendo tutte e tre. Non ho una carriera, non ho una casa mia, niente di niente. E tu sei un vampiro.» Una voce bassa come non l'avevo mai sentita. «Un demonio. Tu e le tue figlie del cazzo mi avete portato via tutto.» Le puntò il dito contro. «L'hai fatto apposta.»

«Non te ne puoi andare» disse mamma.

«E perché no? Tu non mi ami. Io non ti amo. Che senso ha?»

«Io ti amo da star male» gli rispose mia madre, e quando scoppiò a piangere capii che era vero. Lui scosse la testa. «Entra in casa, Tony.» Una voce morbida adesso, come se stesse consolando Wren per un ginocchio sbucciato. «Vieni dentro con me. Ti preparo una tazza di tè.»

«Tè?» Scoppiò a ridere. «*Tè*? Ma sei fuori? Non voglio un tè. Rivoglio la mia vita. Voglio quello che mi hai tolto, cazzo.»

«Tony» disse mamma.

E allora lui l'afferrò di scatto.

Caddero l'uno sull'altra, e schiacciai il naso contro la zanzariera per cercare di vederli, ma erano scomparsi sotto la tettoia della veranda, e davanti a me non c'erano altro che le auto parcheggiate lungo il marciapiede. Silenzio. Silenzio assoluto, per un secondo. Poi tornarono nella mia visuale, barcollando, papà che stringeva mamma per il collo, la trascinava.

E di nuovo quei versi da maiale, quel grugnito stridulo. Mio padre alzò gli occhi. Non so se cercasse Dio o le stelle, ma trovò solo me. E giuro, giuro che non lo riconobbi. Era un mostro. Gli si era deformata la faccia, la pelle era grigia e spenta sotto la luce del lampione. Ma negli occhi aveva il fuoco.

Mi spostai di scatto da dov'ero e corsi giù per le scale. Credo di aver volato. Non c'è altra spiegazione per la velocità con cui mi precipitai fuori di casa. E poi gli saltai addosso, mi attaccai alla sua mano enorme e cominciai a tirare, cercando di staccarla. Nonostante il mostro che era in lui, mollò la presa, come se gli avessi dato la scossa, costringendolo ad allentare la stretta. Mamma crollò a terra, e ora era lei a fare versi da animale. Ebbe un conato di vomito mentre tentava di respirare di nuovo.

Papà si accasciò al suolo e cominciò a piangere come faceva Wren da neonata. Anzi peggio, perché gli si era disintegrato qualcosa dentro. Lo capii in quel momento. Arrivarono tutti, polizia, ambulanza, persino un paio di vigili del fuoco. Ci volle poco perché si spargesse la voce. Dopo tutto abitiamo a pochi metri dalla stazione dei pompieri.

Mamma fece di tutto perché non lo portassero via, anche se il collo le era diventato viola. Non voleva sporgere denuncia. Lui pianse per un bel po' alla luce dei lampeggianti mentre Irv e Linda, i poliziotti, cercavano di capirci qualcosa. A un certo punto papà si mise a ridere, sembrava una iena, e allora lo fecero salire in macchina, più che altro perché la sua risata era odiosa e non si riusciva a farlo smettere.

«Non portatelo via. È mio marito» continuava a dire mamma, ma le spiegarono che bisognava farlo, almeno per quella notte. Finì sotto sorveglianza come potenziale suicida in una corsia di manicomio – pardon, *centro di igiene mentale* – e quella fu l'ultima volta che lo vidi, a stridere e contorcersi in un'auto della polizia.

Credetemi se vi dico che uscì anche tutto il vicinato. Sembrava ci fosse un'assemblea cittadina. Andrew era in veranda con la sua vestaglia di seta. Persino il

Fumatore Incallito, due case più giù. Che fosse notte fonda o mattina presto, lui fumava, fumava.

Nessuno disse niente. O almeno non a noi. Ci evitavano solo più del solito. *Scusate*, avrei voluto dire. *Scusate se vi abbiamo rovinato il quartiere.*

Ormai si era fatto giorno. Mentre i poliziotti portavano via papà, Linda e mamma continuarono a parlare nel vicolo, ma troppo sottovoce perché potessi sentire. Gli uccellini cinguettavano di gioia.

Mamma mi prese per mano e lanciò a malapena uno sguardo ai vicini, mentre entravamo in casa. Mi trascinò su per le scale fino alla stanza di Wrenny. Lei dormiva ancora, naturalmente, e sarebbe rimasta così, immobile, per almeno altre due ore, perché aveva il potere di non lasciarsi svegliare da niente e nessuno. Ci infilammo nel suo letto, una per lato, e ci abbandonammo sul materasso morbido, schiacciandoci contro il corpo di Wren, nella stanza che un tempo era la camera degli ospiti della zia. Ci scambiammo un'occhiata oltre la testa di Wren, l'ancora a cui ci stavamo aggrappando.

«Mamma.»

«Lu.»

«Devi andare in ospedale?» le chiesi con voce ferma. «Per il collo?»

«No, tesoro. Adesso dormiamo. Tra qualche ora devo andare a prendere papà.» Ravviò a Wren una ciocca di capelli dietro l'orecchio, le asciugò un velo di sudore sulla fronte. «Riposiamo un po' gli occhi. Ci saranno un sacco di cose da fare quando ci svegliamo.»

«Okay» dissi, con la testa piena di domande su quello che ci aspettava, su quello che era successo. Era ubriaco? Drogato? Sul serio lei lo avrebbe riaccolto in casa dopo quello che le aveva fatto, dopo quello che aveva detto di noi? Sentivo già che ci sarebbe stato un prima e un dopo, e che quella linea di confine corrispondeva al momento in cui mio padre aveva messo le mani sul collo di mia madre, o forse a quando le aveva detto di non amarla. Non ci si può riprendere davvero da una cosa così, no? Certe cose non si possono rimangiare, non si può far finta che non siano mai accadute.

«Papà starà bene?» azzardai in un sussurro.

«Certo. Staremo tutti bene.»

E poi mamma mi sorrise, le si incresparono gli angoli della bocca, e allungò un braccio sopra Wren per accarezzarmi.

«È un brav'uomo, sai» disse.

Aveva una voce troppo disperata per poterle credere, e mi girai dall'altra parte. Sapevo che non stava sorridendo perché tutto si sarebbe sistemato. Stava sorridendo perché era l'esatto contrario, e lei non poteva farci niente.

28° giorno – continua

Il viso di Wrenny ha impressi i segni del divano quando le tiro via il libro dal petto, le guance arrossate dal sonno. Mi passa un braccio intorno alla vita mentre contiamo gli scalini per salire di sopra. In tutto questo non apre mai gli occhi. Non c'è bisogno. Questa è casa sua, i suoi piedi sanno la strada. Non ha mai abitato da nessun'altra parte.

«Uno» dico io.

«Due» continua lei con uno sbadiglio.

E così fino a tredici. Gira a sinistra.

«Dove stai andando, Wrenny?»

«In camera di mamma.»

«Penso che dovresti dormire in camera tua, stanotte.» Prima o poi deve succedere, no?

Mi guarda come se avessi lasciato il cervello in fondo alle scale.

«Non mi piace dormire là.»

«Ti sei lavata i denti?»

«Sì» risponde, e mi squadra da capo a piedi. «Prima di addormentarmi sul divano.»

«Okay» dico, come se bastasse questo per farmi decidere di dormire anche stanotte in camera di mamma, mentre la verità è che non ho la forza di litigare.

«Sembri una rock star» dice sorridendo.

Una poco di buono, penso io. «Grazie» rispondo.

Mi passa una mano sul braccio. «Sei appiccicosa.»

«Sì, anche tu» la stuzzico toccandole la guancia.

«E sai di burrito.»

«Continua pure con i complimenti, eh?»

«Ma è vero! E forse anche un po' di taco.»

Punta dritta al letto di mamma, le lenzuola ancora stropicciate da questa mattina, perché tra una corsa e l'altra non c'è stato tempo di sistemare. Si infila dentro, mi guarda mentre mi spoglio e prendo un asciugamano. Non esiste che vada a dormire senza prima aver fatto una doccia. Quando mi tolgo shorts e canotta si sente un suono simile allo strappo del velcro. Mi avvolgo nell'asciugamano, poi lo riapro, per rinfrescarmi.

«Che stai facendo?» chiede Wren. «Sei nuda.»

«Non so cosa sto facendo» le rispondo coprendomi di nuovo. «È proprio una bella domanda, però» borbotto mentre mi avvio in bagno.

«Mi lasci qui?»

Mi fermo sulla soglia. La sua voce ha qualcosa di strano.

«Sto solo andando a fare la doccia» le dico. «Non voglio andare a letto con la puzza di messicano addosso.»

«Posso venire con te?»

«In bagno?»

«Boh. È che non voglio stare da sola.»

Io sì, invece.

«Mi siedo sul water» dice.

«No, Wren, resta qui.» L'orologio segna le undici e mezza. Domattina sarà uno zombie.

«Potrei entrare insieme a te?»

«Dove? Nella doccia?»

Annuisce.

«Resta qui. Dormi.»

Le si riempiono gli occhi di lacrime. Stringe i denti.

«E va bene, mi aspetti in bagno.»

Corro di sotto ad accendere la lavastoviglie, poi faccio la doccia più breve del secolo, giusto il tempo di insaponarmi e sciacquarmi. Mentre l'acqua calda mi scivola lenta sul corpo rimpiango il getto forte delle docce dei motel che frequentavo con papà, quando andava in giro a fare concerti. Schiaccio il viso contro la parete. Vorrei passare oltre il muro, scomparire dall'altra parte, disintegrarmi e non tornare mai più. Mi tremano le spalle, mi irrigidisco in viso, ma non piango. Premo solo più forte sulle piastrelle finché non mi fa male il naso e penso che magari potrei anche rompermelo.

Quando mi affaccio per controllare Wren, vedo che dorme circondata dal vapore, gli occhi di nuovo chiusi, la testa appoggiata sul lavandino, la bocca aperta.

Siamo insieme sul letto. Mi raggomitolo intorno a Wren. Lei mi appoggia la testa sul braccio e io la stringo forte.

Non so chi delle due abbia più paura di stare da sola.

Mi ci vogliono un paio di settimane per prendere il ritmo. Sveglia alle cinque. Compiti. Prepararsi per la scuola. Mentre Wren si lava io studio, facendo attenzione a non bagnare i fogli. La accompagno a scuola a piedi un po' in anticipo, la saluto e poi vado anch'io. Mi trascino come posso durante la giornata, prelevo Wren da scuola, corro a casa, cerco di sfruttare al massimo la mezz'ora che ho per fare i compiti, dopodiché corro al lavoro quattro giorni su cinque. Devo mettere insieme più soldi possibile.

Ho guadagnato un centinaio di dollari e mi sono comprata tre paia di pantaloncini neri e delle canotte abbinate. Shane mi ha regalato un paio delle sue scarpe, così non devo chiederle in prestito a nessuno e i piedi non mi fanno più tanto male. Lavoro dalle quattro alle undici, poi porto a casa i miei mucchi di banconote. Sistemo le bollette in ordine di importanza, raccolgo i conti lasciati in sospeso qua e là e pago come posso. Finora ho saldato luce, gas e telefono. Meglio tardi che mai, no? Eppure, faccio appena in tempo a pagare una serie di bollette che ne arrivano subito altre. Già. Arrivano eccome.

Ormai è diventata una routine. Quattro sere a settimana, Eden mi accompagna al lavoro con la mia macchina, e a fine turno viene a prendermi Digby, che poi porta a casa sua sorella. Eden aiuta Wren a fare i compiti, perciò di quello non devo preoccuparmi, e quando torno Wren mi aspetta seduta sul water mentre io mi lavo e le parlo da dietro la tenda della doccia, poi ci infiliamo a letto insieme e ci raggomitoliamo l'una contro l'altra fino ad addormentarci.

Non penso a mamma, tranne qualche volta, al risveglio, quando il telefono che tengo sul comodino ronza e suona per tirarmi giù dal letto. In quel momento vedo i suoi occhi azzurri, spenti, con lo sguardo di poco prima che se ne andasse. Se è vero che ho innalzato un muro per allontanarli, quel muro si sta sgretolando. Mi concentro un secondo. Respiro. Fisso quegli occhi, poi li faccio diventare sempre più piccoli. Li rimpicciolisco perché se n'è andata, perché non è tornata, e alla fine diventano puntini azzurri così minuscoli e insignificanti che riesco a farli sparire con un soffio.

49° giorno

Quando torno a casa dal lavoro, giovedì sera, Eden mi aspetta fuori in veranda. Ho uno scatto nervoso mentre sono ancora nel pick-up di Digby e mi stringo addosso la giacca. Le ho già detto di non farlo. I vicini potrebbero vederla. Sta fumando, ma non si alza quando ci vede imboccare il vialetto. Si limita a fare un altro tiro.

Digby brontola: «Lo sai che toccherà a me riempirle la bombola di ossigeno quando le verrà un enfisema, vero?»

«Oppure a me.»

«Faremo a turno.»

«Sei uno che si preoccupa, eh?» gli dico con una gomitata.

«Se lo dici tu.» Ha lo sguardo fisso sul volante. «Mi prendo le mie responsabilità, sempre. Eden è una mia responsabilità.»

«Vediamo un po' perché la tua responsabilità non si muove...» Quando scendo ho sempre la sensazione che manchi qualcosa, come se il mio saluto con la mano non fosse abbastanza. È perché avrei voglia di stampargli un bacio sulle labbra, respirare il suo respiro, portarlo via con me. Non voglio salutarlo. Mai. Perché non c'è saluto che valga. «Grazie» gli dico.

«Non dirlo più.»

«Che cosa? Grazie?»

«Oppure ripetilo subito dieci volte di fila e poi non dirlo mai più.»

Rido come una scema e scendo dall'auto.

«Me ne devi dieci.» Pronuncia quelle parole con un'aria così seria che per poco non mi fermo lì davanti al finestrino e comincio a ringraziarlo, ma poi vedo l'ombra di un sorriso e mi allontano.

«Chiacchierona» commenta Eden.

Sento che mi fanno male le guance da quanto ho sorriso, e costringo la faccia a rilassarsi. Oddio! Che mi è preso?

«Credevo che la tua ossessione fosse una cosa simpatica, all'inizio, ma forse è ora che tu faccia i conti con la realtà» mi assale senza tanti preamboli. «Ha già una ragazza.»

Digby ha il finestrino aperto, perciò vorrei dirle di stare zitta, ma capisco che è di cattivo umore. Resto in silenzio, però se potessi chiudermi il cappuccio della felpa fin sopra la faccia, giuro che lo farei.

«Cosa c'è che non va?» le chiedo.

Schiaccia la sigaretta con il piede e allontana con la mano gli ultimi fili di fumo. «Vuoi prima le buone o le cattive notizie?»

«Le cattive.» Mi si è pietrificato lo stomaco. Cos'altro c'è, adesso?

Comincio a strappare erbacce dal prato per distrarmi.

«Non posso più farlo» dice Eden. «Intendo badare a Wren.»

Ho quasi messo insieme i soldi che servono per pagare l'abbonamento ai canali via cavo, così Wrenny può continuare a guardare i suoi programmi di cucina. Penso a come sarebbe, se non potesse, e mi sembra inammissibile.

«Sto rimanendo indietro con la danza.»

Ma sì, certo. Non ci avevo neanche pensato. Mi aveva detto che poteva stare con Wren solo due sere a settimana. Me ne sono completamente fregata.

«Voglio darti una mano, ma sto perdendo troppe lezioni. Voglio rispettare il patto che abbiamo fatto giù al fiume, solo che non posso farlo senza rinunciare ai miei progetti.» Scalcia la sedia che ha sotto il sedere. «Non voglio deluderti, Lu.» Le sta tremando il labbro. Non è un buon segno. «E poi penso che se sono stanca io, tu devi essere... E Wren è incredibile. Cioè non dico che...»

Lascio cadere le erbacce, salgo i gradini della veranda e mi siedo sulla panca accanto a lei. «Tranquilla. Devo solo pensare a un piano B.»

Che scelta ho?

Capisco benissimo. Madame Renee incute terrore. Le poche volte che l'ho vista mi sono domandata come faccia a tirarsi lo chignon così in alto da allungare le sopracciglia fino all'attaccatura dei capelli. Neanche io vorrei farla arrabbiare. E a essere sincera non avevo minimamente preso in considerazione l'idea che la danza di Eden potesse rimetterci per colpa mia. È proprio questo il problema, quando ti lasci aiutare. C'è sempre qualcuno che ne paga il prezzo.

Il mio cervello prova a formulare delle alternative: vuoto totale. Non ho nessun'altro. Non pensavo che Eden potesse scaricarmi e non riesco a vedere nessuna soluzione. Vedo solo Wren e me, avvolte in coperte di lana scolorite e sfilacciate, che giriamo per strada a chiedere l'elemosina. Abbiamo le facce sporche, le unghie nere, e tremiamo dal freddo. Perché in questa fantasia siamo più o meno nel 1600 e io ho un vago accento inglese.

Digby suona il clacson.

Eden gli risponde con un gestaccio. «Tieni a bada i cavalli, cowboy!» gli urla.

È tardi per tutto questo rumore, e da qui vedo il ciliegio nel giardino del Fumatore Incallito.

Eden abbassa la voce. «Da un giorno all'altro mia madre riceverà una telefonata da Madame Renee. Non so... non so come ho fatto a pensare che potesse filare tutto liscio. Volevo essere il tuo eroe. Credevo che tua madre sarebbe tornata.» Allunga le braccia sulle mie spalle e rimaniamo sedute così, fronte contro fronte. «Che razza di persona è, una che non torna?»

«Non lo so. Che razza di persona è, una che se ne va?»

Eden mi accarezza i capelli. «Ci sono tanti modi di andarsene.»

Andarsene è facile, penso. *Più facile che restare.*

«Credo che dovresti dire tutto, Lu» continua. «La cosa si sta facendo seria. È ora che ne parli con qualcuno.»

«Non può.» Evidentemente anche Digby è sceso dal pick-up. «Se avete finito di sparare cavolate, possiamo ragionare un secondo?»

Eden abbassa le braccia. Io mi allontano.

«Forse i servizi sociali non sono poi così male» azzarda Eden.

«Forse, nella Terra dei pony e degli arcobaleni» dice Digby. «Fatine e folletti sono così carini...»

«Sta' zitto» ribatte Eden.

«Sul serio, avvertimi quando tu e il tuo unicorno tornate sulla Terra.»

«Le persone sono buone» insiste Eden. «A volte.»

«No» risponde Digby. «Le persone hanno buone *intenzioni*. Il che è tutta un'altra storia. Verrà qui qualcuno e sai cosa vedrà? Due ragazzine abbandonate, un padre rinchiuso in manicomio – senza offesa, Lucille –, una ragazza che lavora mezza nuda per pagare le bollette – senza offesa, Lucille –, una casa che cade a pezzi...» Mi guarda.

«Non mi sono offesa, tranquillo» lo rassicuro.

«Nessun assistente sociale lascerà che tutto continui in questo modo.» Si sporge sulla ringhiera della veranda. Ora è vicinissimo. «Quindi non può dirlo a nessuno.»

«Neanche se a luglio compie diciott'anni?» ribatte Eden.

Digby le lancia un'occhiataccia.

Eden si rivolge a me: «Hai mai provato a contattare tuo padre, Lu?»

Non so come dirle che non ho la più pallida idea di dove sia, e che non potrei mettermi in contatto con lui neanche se volessi.

«Ci penserò io» dice Digby, dopo avermi fissato per un minuto. «La stagione di basket non è ancora iniziata. Posso badare io a Wren, almeno per un po'.»

Rischio di svenire.

«Ma tua madre...»

«Tanto esco con Elaine quasi tutte le sere.» Provo a non restarci male. «Ma tra poco ha una verifica importante a scuola, quindi deve studiare. Mi reggerà il gioco, e mia madre non si accorgerà di niente. Andrà tutto bene.»

«Ma che tesoro, eh?» commenta Eden con una smorfia.

«Be', cosa pretendevi, Eden?» risponde Digby, togliendosi il cappello per poi rimetterlo subito. «Che me ne stessi qui a guardare senza fare niente mentre Lucille e Wren finiscono in mezzo a una strada? Pensi che ci andranno leggeri? Potrebbero separarle, o magari costringerle a vivere in un centro per minori. Posso fare qualcosa per aiutarle, quindi lascia che le aiuti e non rompere.»

«Okay» dice Eden, infilando le gambe sotto il sedere pelle e ossa. «È un modo per guadagnare un po' di tempo, Lu. Ma è una soluzione provvisoria. Devi farti venire in mente qualcosa di definitivo, se davvero tua madre non tornerà.»

Cominciano a cedermi le gambe.

«E qui arrivano le buone notizie» aggiunge Eden.

Spalanca la porta con un gesto teatrale.

«La solita esagerata» commenta il fratello.

«Venite in cucina.»

Entriamo alla svelta superando Wren che dorme in salotto. Digby deve abbassarsi un po' per passare dalla porta. I pensili sono tutti aperti. E pieni. Ci sono riso, minestre e verdure in lattina di ogni sorta, cuscus, orzo, scatole su scatole di pasta. Confezioni di cereali ben allineate sull'ultimo ripiano. Muesli, avena e compagnia bella.

«Porca miseria!» esclamo. «Grazie.»

«Di cosa?» rispondono all'unisono. Sono proprio gemelli.

«Siete stati voi, giusto?»

«No!» Di nuovo all'unisono.

«E allora chi è stato?»

«Accettali e basta, Lu» dice Eden. «A caval donato...» Poi guarda Digby. «Giusto?»

«E queste sarebbero le buone notizie?» ribatte lui. «Pensaci un momento. Pensa a cosa significa.»

«Significa che la dispensa è piena. Ah, non è finita qui! Ta-da!» fa Eden aprendo il frigorifero. «C'è anche questo.»

È pieno anche il frigo. E quando dico pieno, intendo stracolmo. E pure il freezer. Verdura, frutta e yogurt per giorni, settimane, e poi panna, formaggio, *tortillas*, gelato, *nuggets* di pollo, carne e pesce, uova, succhi di frutta, e persino acqua gassata. Non ho mai visto niente di simile in tutta la mia vita.

«Da non crederci, eh?» dice Eden.

«Ma non capisci?» interviene Digby. «Significa che qualcuno sa. Qualcuno che non vuole far sapere che sa. Piuttosto strano.»

«Smettila di essere così cinico, Dig» ribatte Eden.

«Lu ne ha bisogno. È come se avesse una fata madrina o che so io.»

«Hai trovato tutto così quando sei tornata dopo avermi accompagnato al lavoro?» le chiedo.

«Già.»

«Significa che l'hanno fatto alla luce del giorno» osserva Digby. «Che sapevano quanto staresti stata via, che avresti portato con te Wren, che dovevano fare alla svelta. Significa che qualcuno vi sta controllando. E da vicino.»

«In effetti...» ammette Eden, un po' meno entusiasta.

«C'è da preoccuparsi» aggiunge Digby.

«Devo cominciare a chiudere a chiave» dico. In questa città non lo fa nessuno.

Digby si appoggia al bancone della cucina. Si appoggia sempre da qualche parte. «Non lo definirei un atto di ostilità. Piuttosto una generosità kamikaze.»

Mi sto surriscaldando. Voglio che se ne vadano tutti. Devo pensare e non ci riesco, almeno non se resto qui a fissare tutto questo cibo con questi due spilungoni rossi che mi stanno addosso.

«Almeno per un po' non dovrai preoccuparti di cosa mangiare» dice Eden. «Anche se ci sono un sacco di carboidrati.» Si siede sul bancone con un salto. «Okay, devo darti un'altra notizia non proprio buonissima.»

«Sul serio?» faccio io. «È crollato un muro?»

«No. Wren si è presa una nota a scuola. La signora

LaRouche ha chiesto di poter parlare con tua madre.»

Mi sento stringere lo stomaco.

«La signora LaRouche era la migliore» dice Digby. «Vi ricordate come riusciva a farci stare zitti?»

«*Bum bum bidum bum*...» canticchia Eden.

«*Bum bum*» rispondo in automatico.

«Non credo sia niente di grave» dice Eden. «È solo che...»

«È un po' difficile inventarsi un genitore che non esiste.»

«Esatto.»

Mi copro la faccia. Conto fino a tre. La scopro. No, sono ancora qui, sulla Terra, in questa vita.

Eden fa una smorfia. «Lu.»

«Cosa c'è?»

«Ti esce il sangue dal naso.» Digby si allunga a prendere un pezzo di carta dalla nuova, enorme confezione di rotoli che si è materializzata come per magia sul bancone della cucina. La marca più costosa.

«Ci sono anche i fazzolettini» dice Eden indicando il soggiorno. «E dentifricio, collutorio, cotton fioc...»

«Basta!» Non ce la faccio. Non riesco a respirare, e non è per colpa del sangue che mi cola sulle labbra. Sta succedendo tutto in fretta, e non riesco a dargli un senso, e mi viene da ridere come ho sentito fare quella notte a mio padre. Sento che quella risata mi ribolle dentro, vuole affiorare, e se la lascio uscire rischio di non smettere più. Quando Digby mi tampona il naso con la carta, gliela strappo di mano e lo allontano in malo modo. Il petto mi fa su e giù, a scatti.

Eden mi fissa. «Ehi...»

Mentre mi tengo il naso vado verso il divano in soggiorno, e loro mi seguono come ombre. Voglio che vadano via, ho bisogno che se ne vadano per pensare. Ho la testa piena di numeri, numeri che fanno le capriole, e poi c'è mia madre, con quegli occhi così grandi, così azzurri e così vuoti, e mi gira tutto intorno, i pantaloncini sexy, i tacchi e il trucco, e papà che è chissà dove, e un'amica del cuore che ha l'aria impaurita e tutti quanti gli altri con le loro vite perfette e Wren che lascio sempre sola e un Buon Samaritano che sa tutto, e un amore, un amore che mi sta davanti e mi offre il suo aiuto ma è così irraggiungibile, e io mi sento così sola, e voglio che se ne vadano.

«Andrà tutto bene» dice Digby. Si allunga verso la mia mano ma io la ritraggo di scatto. «Si sistemerà tutto.»

«Andate a casa» sibilo, con una voce tagliente come non l'ho mai udita.

È una novità anche per i gemelli, evidentemente, perché hanno l'aria di chi ha appena ricevuto uno schiaffo.

Mi tampono il sangue dal naso, spero che smetta di gocciolare. Vado dritta al lavello della cucina, mi bagno il viso, mi lavo le mani, cerco di togliermi il sangue da sotto le unghie. Sono sicura che l'acqua mi avrà fatto colare tutto il mascara, ma in questo momento sono troppo incazzata perché me ne freghi qualcosa, e non voglio guardarmi allo specchio, perché non so chi ci troverò a ricambiare lo sguardo. E allora lo romperò. Nel caso la superstizione dei sette anni di sfiga sia vera, meglio non rischiare. Non sono tanto pazza.

Benvenuti nella mia vita.

La barzelletta peggiore che possa esistere.

Mi stanno guardando senza sapere bene cosa fare. Vado da Wrenny che dorme sul divano, le infilo un braccio sotto il corpo e la tiro su per svegliarla.

«È l'ora della doccia?» chiede.

«Sì» rispondo sottovoce, per non farle sentire che sono triste. «È l'ora della doccia.»

Mi incammino su per le scale. Restano dodici gradini. Non mi guardo indietro, ma sento la porta di casa che si chiude, il rombo della Bestia. Mi dispiace da matti che se ne siano andati, ma ho paura che se fossero rimasti li avrei disintegrati.

Arrivata di sopra, dopo aver sistemato Wren in bagno, appoggiata al sicuro alla parete, torno di sotto, chiudo le veneziane che danno sulla strada, spengo tutte le luci e chiudo la porta a chiave.

50° giorno

Vado in biblioteca per inviare una mail alla LaRouche dall'account di posta di mamma, visto che tra le cose che si è portata via c'è anche il portatile di papà. La bibliotecaria non alza gli occhi dal libro che sta leggendo, si limita a passarmi il foglio di registrazione e mi fa un cenno con la mano, su cui spiccano unghie lunghissime.

«Bel libro?» chiedo.

«Sì» dice, indicandomi la sala computer con un movimento del capo. «È un bel libro.»

Digito la password di mamma. Tonylaura3110. Probabilmente non è la migliore password del mondo, ma i miei si erano conosciuti la sera di Halloween, a uno dei concerti di papà, e poi mamma si è ritrovata come per magia a partorire Wren nello stesso giorno di molti anni dopo. 3110. Basterebbe conoscere quella semplice combinazione di eventi per avere accesso alle risorse economiche della famiglia Bennett, ammesso che ce ne siano. Certo, bisognerebbe almeno sapere il numero di conto corrente.

Mamma ha 551 nuovi messaggi. Pare proprio che non abbia mai controllato la posta da quando se n'è andata. Alcuni sembrano importanti, quindi scorro per un attimo la descrizione dell'oggetto. Ma si tratta perlopiù di cose da niente. Una vendita promozionale da Gap. Sconti speciali per un viaggio alle Bahamas.

Mi concentro su quello per cui sono venuta. Spacciandomi per mia madre, spiego alla maestra che siccome lavoro durante il giorno, manderò Lucille a parlare di Wren dopo la scuola e potrà riferire a lei ogni informazione che ritiene io debba avere.

Aspetto.

Leggo qualche notizia su Internet, e mi sento in colpa perché so che sono rimasta indietro con lo studio e che una bella signora con un sacco di buste della spesa sta aspettando che mi alzi per usare il computer. Pazienza. Ho ancora trenta minuti a disposizione. Vado a curiosare tra le notizie di spettacolo e scopro che il tipo che recita nel prossimo film di zombie/lupi mannari/ammazzavampiri, con una moglie incinta che lo aspetta a casa, è andato a letto con la protagonista femminile mentre erano sul set, e ora vuole scusarsi con il mondo intero. Fino a qualche tempo fa avrei potuto intrattenervi per ore con notizie e pettegolezzi sulle celebrità. Adesso non so più niente. Sono diventate tutte chiacchiere superficiali, ma ritrovarmi qui a leggerle non mi dispiace affatto, devo ammetterlo.

Proprio mentre la mia ora sta per scadere e devo cedere il computer alla bella signora, ecco che arriva una nuova mail.

La signora LaRouche non ha obiezioni a parlare con Lucille. Le farà molto piacere rivederla dopo così tanto tempo, dice. Può andare bene questo pomeriggio?

Vorrei chiamare Eden e dirglielo, chiederle consiglio su cosa fare, come gestire la situazione, ma so che non posso. Quando l'ho mandata via, ieri sera, è successo qualcosa di brutto, anche se non so spiegarlo.

L'aula è praticamente come l'ho lasciata in quinta elementare. I poster con le copertine dei libri sono cambiati, ma si respira lo stesso odore di succo di mela e pubertà imminente. Wren mi sta aspettando con Shane e Melanie fuori in cortile, dove i bambini giocano rumorosi.

La maestra mi riceve sorridente dietro la cattedra, gli occhiali appoggiati miracolosamente sulla punta del naso. Il mento appena accennato è diventato ancora più invisibile, e porta come sempre i capelli a caschetto, un taglio che era fuori moda già trent'anni fa.

«Eccoti» dice alzandosi svelta per stringermi in un

abbraccio ossuto. «Lucille Bennett. Ne è passato di tempo, eh?» È originaria della Georgia e non ha mai perso il suo accento. Ha i denti più gialli di come li ricordavo. Invecchiare fa proprio schifo. «Siediti pure.»

Mi siedo.

«Per me rimani sempre una bambina di nove anni» dice. Mi squadra da capo a piedi, e se non batto ciglio è solo perché è stata la mia insegnante. «Ma stai diventando una bellissima giovane donna.» Mi ha chiamato "donna". *Bleah!* «Come stai, tesoro?»

«Sto bene» borbotto. «Sono all'ultimo anno, sa...»

«Già all'ultimo anno?» Scuote la testa, eppure i capelli non si muovono. «Come passa in fretta il tempo! Hai già progetti per il college?»

Non ho nessuno progetto per il college.

«Sto pensando di prendermi un anno di pausa» dico.

Segue un chiaro silenzio di imbarazzo, come se stesse aspettando che mi spieghi meglio, cosa che non ho intenzione di fare.

«Voleva dirmi qualcosa a proposito di Wren, giusto?» Non vorrei essere maleducata, ma ritrovarmi in quest'aula mi rende nervosa.

«Sì, certo.» La signora LaRouche torna subito ai fogli che ha in mano. «Mi spiace che tua madre non sia potuta venire. È una cosa piuttosto importante.»

Mi farò forza qualunque cosa dica. Ce la posso fare.

«Sì, è vero, ma le hanno cambiato l'orario. È un vero

disastro. Questioni organizzative tra infermieri.» Le bugie continuano ad accumularsi.

«D'accordo, mi ha scritto che potevo comunque parlarne con te, quindi cominciamo.»

«Okay.»

«Ti dico subito che tua sorella è una bambina eccezionale.»

«Lo so.»

«È molto più avanti dei suoi compagni in tanti ambiti. In scienze, per esempio, e in matematica.»

«Oh...»

«Ha anche ottime capacità linguistiche. Sapevi che legge al livello di un ragazzino delle medie?»

Dovrei cominciare a leggere con lei ad alta voce, le sere che non lavoro. Dovrei fare un sacco di cose.

«Detto francamente» continua «se fosse per me potrebbe passare direttamente alla classe successiva. A quanto pare il programma scolastico è una passeggiata per lei, fa tutto con la massima disinvoltura.»

«Mi sembrano tutte buone notizie, no?» dico.

«Sì, be'...» La maestra si toglie gli occhiali e li lascia penzoloni dalla catenella che ha intorno al collo. Mi guarda dritto negli occhi. «Fin qui tutto bene, ma c'è qualcosa che mi preoccupa.»

«Okay.»

«Wren mi sembra molto ansiosa, soprattutto ultimamente.» Mi consegna un foglio.

Ho mal di stomaco.

«Ha chiesto di essere spostata di banco. Dice che il rumore le dà fastidio.» Indica un banco nell'angolo. «È quello lì, il posto che preferisce. È una bambina tranquilla, serena, ma si sta isolando. Sono solo preoccupata che Wren si stia ritirando pian piano nel suo mondo, non interagisca con i compagni, e vorrei che potesse parlare con la psicologa della scuola, se siete d'accordo.»

«Per che cosa, in particolare?» Respiro lentamente, molto lentamente. «A cosa dovrebbe servire?»

«Ci sono stati molti cambiamenti per Wren, negli ultimi mesi» risponde con tono gentile, poi sospira. «Avrei preferito parlarne con tua madre. Dev'essere difficile per voi tre.»

«Stiamo bene» taglio corto, e poi penso a cosa vorrebbe sentirsi dire un adulto. «Ci stiamo adattando alla nuova situazione.»

«Sì, certo. Voglio farti vedere una cosa.» Mi porge un foglio scritto da Wren, riconosco subito l'inchiostro rosa, le lettere rotonde, i cuoricini sopra le *i*.

«Devo leggere?»

«Sì, prego. Fai pure con calma.»

Comincio:

Il mio eroe

Il mio eroe è la Contessa della Cucina, quella della tv. Sforna pietanze ed è bella tonda. La Contessa ha sempre gente a cena mentre noi non invitiamo mai nessuno, a parte Eden e Digby. La Contessa ha una bella casa, noi no. Ha una voce dolce e scommetto che i suoi abbracci profumano di torte. Scommetto che mi direbbe che sono carina anche se non è vero, e che non mi lascerebbe mai.

Poso il foglio sulla cattedra. La maestra è dritto davanti a me. «Parlate mai, in famiglia, di quello che è successo quest'estate?»

Faccio di no con la testa.

«Credo che quello che è successo l'abbia colpita più di quanto vuole ammettere, e temo che se non ne parlerete apertamente tra di voi, in casa, questa cosa le farà male. Ha bisogno di potersi esprimere senza paura delle conseguenze.»

Annuisco.

«A questo punto consiglierei una terapia famigliare. Ci sono degli ottimi specialisti in città.» Mi consegna un foglio con su scritti dei nomi. «Ma se non seguite questa strada, potrebbe comunque farle bene sapere che ha la possibilità di parlare dei suoi sentimenti. Spesso i bambini dotati come Wren» continua «possono assumersi inconsapevolmente la colpa e il disagio di una situazione come questa.» Allunga la mano fredda verso la mia. «Può manifestarsi sotto forma di depressione.»

«A me sembra felice.»

«O sfociare nell'uso di droghe, comportamenti violenti, disturbi alimentari...»

«Okay!» dico più forte di quanto avrei voluto. «Okay» ripeto con tono più pacato. «Dirò a mia madre di firmare questi fogli, così Wren può parlare con qualcuno. Ci pensiamo noi.»

Voglio andarmene da qui. Voglio correre fuori in cortile e stringere forte Wren, perché lei vede tutto – vede anche troppo – e io non posso farci niente, non posso impedirlo, non posso aiutarla. Vorrei che per Wren il mondo si fermasse, vorrei lanciare un incantesimo e trasformarla nella Bella Addormentata nel Bosco, e poi svegliarla con un bacio sulla guancia dopo aver sistemato tutto quanto.

«Mi pare frequenti Melanie St. James. La conosci?»

«Sì» rispondo. «Abbiamo giocato insieme al parco un paio di volte.»

«Be', tua madre potrebbe fare in modo che questa amicizia si sviluppi. Potrebbe esserle d'aiuto, chissà.»

Annuisco.

«E tu, cara?» Mi stringe la mano e mi rendo conto solo adesso che siamo così, mano nella mano, da un bel po' di tempo.

Comincia a tremarmi la bocca. Spero non voglia chiedermi come me la passo.

«Dev'essere dura per tutte e tre, soprattutto ora che tua madre lavora così tanto, e deve fare tutto da sola.»

Che ridere!

«Per fortuna Wren non era presente, quando è successo» dice. «Ma tu sì, vero? Tu hai visto cosa ha fatto tuo padre?»

Le mie stupide emozioni si sono ridotte in polvere, rischiano di spargersi su questa cattedra e di aggrapparsi alla signora LaRouche come se fosse l'unica cosa buona sulla faccia della Terra. Tiro via la mano. Non voglio piangere davanti a questa donna.

Faccio per andarmene, sforzandomi di sorridere. «Ci prenderemo cura di Wren, signora LaRouche. Non le darà nessun problema.»

«Ma lei non mi dà nessun problema, tesoro» ribatte. «Sta solo passando un brutto momento. Succede a tutti, una o due volte nella vita.» Si alza anche lei, posa le mani sull'antiquato vestito a motivi etnici. «Voglio solo che lo superi, che sbocci. Che lo superiate tutte e due.»

«Grazie» rispondo, e lo penso davvero. Anch'io voglio che superiamo questa cosa.

«Mi dispiace vederti così triste, tesoro» dice mentre mi dirigo alla porta. «È proprio un peccato. Eri una bambina così allegra.»

Dopo questo colloquio mi serve un po' di tempo per pensare, e Shane si offre di portare Wren e Melanie a mangiare un gelato, visto che è venerdì e non deve lavorare. Nessuna delle due lavora, oggi.

È da un sacco che non prendo la bici. Imbocco il lungofiume e spingo sui pedali con tutte le mie forze, finché non mi fanno male i muscoli e non sento i polmoni arrancare. È un percorso in piano, incrocio gente che fa jogging, ma ben presto lascio tutti indietro, vado oltre le rocce, oltre la città, filo via sul sentiero, fradicia di sudore, con il verde delle piante che mi sfreccia accanto.

Penso. Se falsifico la firma di mamma su quei fogli, Wren dovrà rispondere a una sfilza di domande e qualcuno potrebbe scoprirci. Sarebbe un altro rischio. In caso contrario, la maestra avrà sempre più il sospetto che ce la passiamo male. Non c'è via d'uscita, a quanto pare.

Salto giù dalla bici e la appoggio a un albero. Mi avventuro nel bosco e trovo un posto dove stendermi. Sono lì da neanche un minuto, quando una cosa enorme che sta volando in cerchio scende in picchiata e strappa un ramo dall'albero appena sopra la mia testa. Produce uno schianto, come di un colpo di pistola, un'esplosione dell'aria. Succede tutto così in fretta che ho a malapena il tempo di capire che si tratta di un'aquila testabianca, una creatura preistorica e violenta. Enorme.

La guardo volare via e mi chiedo cosa significhi. Se è vero che esistono i prodigi, come sostiene Eden, cosa può voler dire quello che è appena successo? E allora la solitudine, brutale e spietata, mi prende a pugni e mi ritrovo ad artigliare la terra con le unghie. Mi sento così sola che la mia ondata di disperazione si sarà propagata di sicuro fino in Cina. Mi distendo di nuovo, lo sguardo fisso sul punto dove prima c'era un ramo, ora il moncone sbiadito di un braccio.

Pedalo lentamente verso casa, e quando arrivo firmo i fogli.

53° giorno

Sono già al mio terzo caffè quando varco la soglia del liceo, lunedì mattina, e purtroppo l'unico effetto che sento è quello dei nervi sempre più a pezzi. Oddio, un'ora di inglese. Oddio, bisogna pensare. Oddio, bisogna camminare. E speriamo che non ci sia da parlare. Mi fermo davanti al mio armadietto, tengo in equilibrio tra i denti il bicchiere di caffè e comincio a infilare i libri nello zaino. Nessuno mi rivolge la parola. Di Eden non c'è traccia. Vedo solo Shane, che mi dà una leggera pacca sulla spalla mentre sfila con le sue compagne di classe. La nostra amicizia non è mai decollata, ma è bello sapere che c'è. E comunque non avrei niente da dire. In testa ho il vuoto totale. Non sto pensando né alle bollette, né a Wren, né ai miei pessimi genitori. Francamente, stupida vitaccia del cavolo, me ne infischio.

Questo mio stato confusionale è l'unica spiegazione al fatto che Digby si avvicina di soppiatto senza che io me ne accorga, anche se ultimamente sono in perenne allerta. In pratica non lo vedo da quando l'ho buttato fuori di casa. Lo stesso vale per Eden. È probabile che mi eviti di proposito, dato che i nostri armadietti sono vicini.

«Ciao» mi saluta Digby in quel suo modo incerto, quasi non sapesse parlare. «Sei qui.»

«Ciao» gli rispondo. «Già, sono qui.»

Si sporge un po' verso di me, è vicino ma non troppo. Il corridoio si sta svuotando, tutti cominciano a entrare nelle rispettive classi.

«Ho pensato molto ultimamente» dice, infilando il dito sotto uno spallaccio dello zaino.

«Idem» rispondo.

«Oh...» Cambia posizione, un po' impacciato. «Be', ci scommetto.»

«Allora, cosa hai pensato?»

«Niente.» Sorride, e mi rendo conto che non lo fa molto spesso. «Cioè, pensavo che se oggi non hai verifiche o che, magari potremmo andarcene.»

Provo tante cose insieme. Il bisogno di correre. Il bisogno di saltare verso di lui per vedere se mi prende o mi lascia cadere. È chiaro che la stanchezza mi sta distruggendo ogni facoltà mentale.

«Quando è stata l'ultima volta che hai saltato la scuola?» mi chiede.

«Venerdì» rispondo.

«Sul serio?» Sembra preoccupato. «Già, non ti ho visto in giro.»

«Ma prima, mai.» Fingo di tossire. «Sono stata male. Ho avuto febbre e tosse perché ho preso freddo.»

Mi tira la t-shirt con due dita. «Andiamo.»

Suona la campanella.

«Dove?»

«Eh, no» dice. «Devi avere fiducia in me.»

«Fiducia» ripeto.

«Ce la puoi fare.»

«In che senso?»

«Puoi fidarti di me.»

«Oh.»

«Dai, andiamo.»

Non mi muovo.

«Ora o mai più» dice. Tira fuori le chiavi dalla tasca e il loro tintinnio metallico mi risveglia.

Usciamo a fianco a fianco dal portone della scuola. Non incontriamo né Shane, né Eden o Elaine (Dio sia lodato), né qualche professore. L'universo ha deciso di essermi amico, almeno per un po'.

Vorrei chiedere a Digby di Elaine, vorrei chiedergli perché mi sta portando via, se lo fa perché gli dispiace per i miei pantaloncini corti e i tacchi alti, o se magari è solo il suo modo di proclamare una tregua.

E invece non chiedo niente.

Mi limito a camminare, pensando a come sarebbe bello poterlo prendere per mano.

Oh, tu che hai gli occhi più verdi e più limpidi dell'universo. Oh, tu che hai il viso cosparso delle più meravigliose lentiggini.

Mi farai morire.

Andiamo a Philadelphia.

Ha un piano. Dichiara che, se siamo bravi, possiamo vedere l'Independence Hall e la Liberty Bell e trovare anche il tempo per mangiarci un classico *cheesesteak* prima che Wrenny esca da scuola. La chiama "Wrenny" proprio come me, e per un istante siamo assolutamente complici.

Seduta dal lato passeggero, chiudo gli occhi e lo ascolto parlare mentre il vento fresco di ottobre mi soffia sul viso. Digby è accanto a me, mi sta portando chissà dove, e anche se mi sembra assurdo che la mia mattinata abbia preso questa piega, se penso a dove vorrei essere in questo momento non mi vengono in mente altri posti. In modo del tutto irragionevole, mi addormento.

Quando mi sveglio vedo che siamo all'interno di un parcheggio che puzza di benzina e spazzatura. Digby mi sta fissando.

Spero di non aver russato con la bocca aperta o roba simile.

«Finalmente» mormora. «Avevo paura che il tuo pisolino mandasse all'aria la nostra tabella di marcia.»

«Potevi anche svegliarmi.»

Alza le spalle e dice: «Andiamo, allora. Acculturiamoci un po'. La visita guidata inizia alle nove e mezza».

Abbiamo una guida dell'era preistorica. Si chiama Mildred e, adesso che ci penso, quand'è stata l'ultima volta che avete conosciuto una Mildred? Entriamo alla spicciolata in una sala in cui chiede ai vari turisti da dove vengono. Svizzera, e poi due famiglie tedesche che non si conoscono ma cominciano subito a fare conversazione e si prodigano in *«ja, ja»* e vigorose strette di mano. C'è un ragazzo solo che dice di venire dalla Colombia, frequenta una scuola in città. Tutti gli rivolgono versi di approvazione e incoraggiamento. Mildred attende con pazienza e poi ci mostra un video sulla Dichiarazione d'Indipendenza. Digby guarda tutto, ma proprio tutto, mentre io mi sforzo di non fissarlo.

Voglio fare una prova. Se gli sfioro il gomito con il mio, l'elettricità mi farà esplodere una scintilla in faccia?

Mildred ci guida dalla stanza buia all'Independence Hall e ci lascia curiosare. «Immaginate questa sala piena di uomini che espongono le loro opinioni, le difendono. È estate, e non c'è aria condizionata. Restano qui per settimane.» Mildred l'Appassionata. Mildred la Saggia.

* * *

Mi piace la Liberty Bell, la sua famosa crepa, i racconti su ciò che significa e rappresenta. Digby, il mio Digby, fa il cavaliere, apre le porte per farmi passare, mi fa strada tra sciami di visitatori. Si comporta come sul campo di basket. È scattante come ogni ragazzo della sua età, ma aggraziato come Eden. Non va a sbattere contro le persone, come faccio io. Conosce la sua rotta. Punta dritto alla meta.

«Non c'è molto da fare alla Liberty Bell, eh?» Lo dice dopo che siamo rimasti l'uno accanto all'altra davanti alla campana, in silenzio, per cinque minuti buoni.

«Una foto?» suggerisco.

I turisti sono allineati davanti alla campana, dal lato con la crepa, ma Digby sgattaiola sul lato opposto, dove non c'è nessuno.

«Impossibile riconoscerla» commento.

«Che cosa? La Liberty Bell?»

«Sì, senza la crepa cos'ha di speciale? È una normalissima campana.»

«Solo perché non si vede non significa che la crepa non ci sia.»

«Che ragionamento profondo, caro il mio professor Digby» commento con un sorriso storto che di sicuro deve sembrargli quello di un pagliaccio.

«Be', sì, sono un tipo profondo.» Piega la testa di

lato e una ciocca di riccioli gli ricade sulla fronte. Sono io la Liberty Bell. Mi sento come se una crepa mi aprisse in due. «Scatta la foto.»

Obbedisco. Ha un'espressione stupida. Non lascia trasparire neanche un millesimo di ciò che è. Finalmente gli ho trovato un difetto: non è fotogenico. Sono pazza di gioia.

«Ora tocca a te» dice.

«Oh, no no.»

Continuo a rifiutare finché non mi posa le mani sulle spalle e per me diventa fisicamente impossibile resistergli.

«Mettiti appena di profilo» suggerisce. Sento che sto diventando rossa mentre passo le mani sul davanti della gonna. Una delle tante cose che ho rubato dall'armadio di mamma. «Sorridi.»

Obbedisco. Sto pensando a lui, sto pensando che ora avrò una foto scattata da lui, e che anche se sono venuta malissimo, saprò sempre che eravamo lì insieme. Una prova tutta per me.

«C'è qualcosa di particolare nei tuoi zigomi.» Mi restituisce il cellulare. «Nella curva del tuo orecchio.»

«Il mio orecchio?»

«Sì, è pericoloso.» Poi ride, ma non perché è divertito.

Non so cosa pensare, quindi infilo il telefono in tasca.

«Mi scusi» dice al custode, che assomiglia come una goccia d'acqua a un attore di cui non ricordo il nome. «Dove possiamo trovare il miglior *cheesesteak* di Philadelphia?»

Indica la strada con la mano. «Sei isolati più avanti. Davvero ottimo. E se vi va, potete andarci in carrozza. Molto romantico.»

«Oh, no» dice Digby. «No, grazie. Non siamo... non è...»

«Okay, ragazzo» continua il sosia dell'attore. «Tranquillo. Non volevo intromettermi. Solo un suggerimento. Usate le gambe. Vanno benissimo anche quelle!»

Mentre percorriamo i sei isolati, Digby indica una ragazza in minigonna e commenta che è praticamente vestita con un francobollo. Mi dice che i paesaggi urbani sono i suoi preferiti. Che la storia americana è una figata, e che vorrebbe conoscerla meglio, ma non gli interessano le rievocazioni o roba del genere, non è così fanatico. Tira fuori dalla tasca il cellulare quando lo sente ronzare, poi scrive un SMS continuando a camminare. Scommetto che è Elaine.

Cerco di prestargli attenzione, ma l'unica cosa a cui riesco a pensare è l'imbarazzo che gli ho visto sulla faccia quando il custode era convinto che stessimo insieme. Ricordo a me stessa che Digby è una persona buona, davvero buona. È il tipo di persona che quando vede una ragazza in difficoltà decide di fare qualcosa di carino per lei, tipo aiutarla a dimenticare per un giorno tutti i suoi problemi. È sufficientemente serio e intellettuale da pensare che l'Independence Hall e la Liberty Bell possano funzionare, come distrazioni, invece di optare per un cinema buio o che so io.

Hai preso nota, stupido cervello traditore? Ha una ragazza. Qualcuno che ama. Qualcuno che non sei tu. Riesci a fartelo entrare in testa? Mi allontano da lui di qualche passo, per creare un po' di distanza fra lui e i miei pensieri.

Ma allora perché ha detto che il mio orecchio è pericoloso?

«Questo sì che è un *cheesesteak*» dice mentre il tipo ci prepara i panini. Il tipo in questione è ricoperto di tatuaggi, sdentato, e sta affettando cipolle e peperoni piccanti mentre controlla e sposta le pseudobistecche che ha messo sulla griglia rovente. Che vita fa? Cosa trova quando torna a casa? Birra? Una moglie innamorata? Un marito innamorato? Punta dritto al frigorifero?

«Lucille» gracchia la donna dietro al bancone. Sdentata anche lei.

Io prendo i panini mentre Digby si procura due lattine di Coca. Andiamo fuori, perché è ora di pranzo e non ci sono più posti a sedere nel locale.

«Qui.» Digby indica dei gradini davanti a un palazzo. Ci sediamo. «Philadelphia mi piace» dice.

«Ti piace quello?» chiedo, indicando un edificio abbandonato dall'altra parte della strada. Davanti ci sono un paio di vecchi che bevono birre avvolte in sacchetti di carta. Penso che presto potrei fare la stessa fine.

«No» risponde, e dà un bel morso al panino. Dalla carta gialla in cui è avvolto colano unto e peperoni. «Ma quello sì.» Come se fosse tutto programmato, ci sfreccia davanti un tipo in motocicletta. Non ha quasi niente addosso, i piedi sul sellino mentre impenna sulla ruota posteriore. Supera in volata il semaforo con un gran sorriso stampato sulla faccia.

«È da pazzi» esclamo.

«È Philadelphia.»

Continuiamo a mangiare, poi Digby mi guarda con la coda dell'occhio. «Sai a cosa stavo pensando?»

«A cosa?» È davvero un ottimo panino, devo ammetterlo. E poi me lo ha comprato Digby, il che lo rende ancora più buono. La Coca ha la giusta quantità di bollicine.

«Ai quadri che dipingevi quando eravamo piccoli.»

Mi pulisco la bocca unta di bistecca. È l'ultima cosa che mi aspettavo di sentirgli dire.

«Cioè?»

«Mi chiedevo se lo fai ancora. Dipingere, intendo.»

Scuoto la testa.

«Peccato. Erano belli. Cioè, mi ricordo che li consideravo belli. Eri sempre sporca di tempera. Mi ricordo mia madre che diceva alla tua di metterti una tuta, perché rovinavi sempre tutto quello che avevi addosso.»

Ecco da dove vengono le tute. Me ne ero completamente dimenticata. E la pittura?

È incredibile quanto si dimentica, persino di noi stessi. Credo avessi nove anni, l'ultima volta che ho preso in mano un pennello.

«Allora perché hai smesso?»

«Non so. È successo e basta. Forse sono semplicemente cresciuta.»

Una leggera folata di vento, e anche se siamo in pieno centro città, cala il silenzio assoluto.

«Tutto bene?» chiede alla fine.

«Sì, tutto bene.» Poso per un attimo il panino sulle ginocchia.

«Intendo con quello che è successo a tuo padre, tua madre e tutto il resto?»

«Sto *bene*.» Lo dico così forte che mi spavento io stessa. «Cavoli, vorrei che tutti la smettessero di chiedermelo. Se non sto bene te lo dico, okay?»

«Okay, okay.» Appallottola la carta gialla. «Sto solo cercando di essere premuroso.»

«Puoi prendere il resto del mio panino, se ti va.» Un fiacco tentativo di pace.

«Per me uno è più che sufficiente, grazie.» Scuote la testa e una ciocca di capelli gli ricade di nuovo sul viso. «Ho una sorpresa per te.»

Il caso vuole che ci sia un concerto mattutino in un locale a pochi isolati dall'Independence Hall. Aveva davvero programmato tutto. Alla fine mi porterà in un posto buio! Digby Jones mi sta confondendo.

Sparsa per il locale c'è gente che beve birra, qualcuno sta persino ballando. Oggi suonano i Jupiter's Green Daisy, e sono così affiatati che mi fa male guardarli. A papà sarebbero piaciuti un sacco. Qui mi sento a casa. Avevo dimenticato questa sensazione. La musica si porta via il peso della condizione umana, e allora tu non devi pensare a niente, devi ascoltare e basta. La musica ti dice tutto quello che c'è da sapere. Non suonano un genere particolarmente ballabile. Il loro è più un sound avvolgente, e io mi lascio avvolgere. Non posso fare a meno di muovermi a tempo, e Digby è così vicino, appena dietro di me, che riesco a percepire la sua presenza. Vorrei appoggiarmi a lui, ma mi trattengo. Poi sento di nuovo le sue dita sul braccio, mi sfiorano, si muovono lente, e i miei polmoni si gonfiano, diventano enormi, come non lo sono mai stati. Non voglio che si fermi.

Sfiorami per sempre.

Nella vita perfetta che mi immagino, questo è il momento in cui lui mi stringe, mi fa voltare e mi bacia. Siamo immersi in questo buio imperscrutabile, con il ritmo della batteria che ci pulsa dentro, le sue labbra sulle mie, il suo respiro caldo nella mia bocca. Non è uno di quei miseri baci bavosi che ho avuto modo di sperimentare. E neanche uno di quei baci asciutti come cartavetrata.

La musica si interrompe, lui abbassa la mano e tutto crolla. Gli dico che torno subito e vado dritta al bagno. Sento che mi manca il terreno sotto i piedi. È forse la Terra che si muove? Mi guardo nello specchio sporco, cosa che ultimamente ho evitato di fare.

Sei proprio in un bel casino, penso, rivolta alla mia immagine riflessa.

Allo specchio accanto, una donna con fichissimi capelli rosso punk si sta riapplicando un rossetto dello stesso colore. Vorrei chiederle se possiamo scambiarci i corpi. Voglio correre da Digby e aggrapparmi a lui, stringerlo con tutta me stessa. Voglio chiedergli perché mi sta facendo questo. Voglio urlargli che mi sta prendendo in giro, che dovrebbe smetterla di toccarmi se non mi vuole, che sto per annegare dentro i suoi occhi, anzi ho già cominciato. Mi sforzo di alzare di nuovo lo sguardo verso lo specchio. Wren ha ragione. Assomiglio a mia madre.

* * *

Il viaggio verso casa è assolutamente tranquillo. Ho il finestrino socchiuso, in sottofondo una musica che non riconosco. Fuori il verde sfocato che ci sfreccia accanto mi sembra minestra. Stiamo tornando a Cherryville più in fretta di quanto vorrei.

«So che non ti va di parlare di certe... cose» attacca Digby. «E non voglio farti arrabbiare, davvero.»

Allontano il naso dal finestrino e lo guardo. Il suo viso mi fa male agli occhi. Mi fa male dappertutto.

Lui ricambia il mio sguardo, poi torna a concentrarsi sulla strada. «Però...» continua «hai più ripensato alla persona che ti è entrata in casa? Cioè, non sei preoccupata? Perché io sì.»

«Sì, certo.» Ha una ciocca di capelli sulla guancia, vorrei tanto spostargliela dietro l'orecchio. «Non sei stato tu, vero?»

«No» risponde.

«Giura.»

«Guardami» dice.

Ti guardo, ti guardo eccome.

«Non sono stato io a portare il cibo in casa» aggiunge. «Te lo direi, lo giuro.»

Mi viene voglia di piangere, di nuovo. È un riflesso infernale.

«Ehi...» Mi posa una mano sulla gamba. «Scusa, non volevo. Insomma, dev'essere pesante. Avrei... l'avrei fatto io, se solo ci avessi pensato. Ma non sono stato io.»

Deglutisco. Cerco di riprendere il controllo. Fisso la sua mano. «Sto pensando che forse ci sono cose che non possiamo spiegare» dico. «E che quando succedono un sacco di cose brutte, ne devono succedere per forza anche di belle.»

«Una specie di magia?» Ride, toglie la mano, scala la marcia. «Andiamo, Lucille.»

«Una specie di bilanciamento» rispondo. Devo sembrargli una pazza. Glielo leggo in faccia.

«Può darsi» dice, e mentre cambia di nuovo la marcia la sua mano sfiora la mia. «Può darsi.»

Mi lascia davanti alla scuola di Wren.

«Allora, abbiamo visto una donna con un francobollo al posto della gonna, un uomo mezzo nudo in moto, abbiamo imparato un po' di storia, mangiato un panino sensazionale, siamo addirittura stati a un concerto, il tutto in un solo giorno.» Si appoggia al finestrino e il pick-up borbotta come se fosse stanco anche lui. «Niente male, direi.»

«Già» rispondo. «È stato un buon modo per distrarsi.» L'addetto alla manutenzione, il signor Bob, è fuori a potare i cespugli. Me lo ricordo, il signor Bob. È un tipo simpatico. «È stata una bella giornata.»

«A volte è difficile ricordare le belle giornate» dice.

«Intendi... per te?» gli chiedo di getto. «Com'è possibile? Famiglia perfetta, pagella perfetta, sportivo perfetto, fidanzata perfetta.» Prendo il mio zaino. «Faccia perfetta, corpo perfetto.» Mi allungo verso la maniglia per evitare di guardarlo.

Ma lo sento sospirare.

«Ci vediamo tra un'ora, okay?» dice.

«Davvero?»

«Sì, per Wren.»

«Ah, certo» rispondo. Devo lavorare.

«A dopo.»

«Sì, a dopo.»

Quando sono fuori dalla macchina e già quasi in cortile, dove genitori e babysitter aspettano i bambini, mi volto. Voglio ringraziarlo per questa giornata perfetta, non dieci ma diecimila volte. *Una giornata perfetta è proprio quello che mi ci voleva e tu me l'hai regalata. Mi hai detto che ho delle orecchie pericolose. Mi hai comprato un panino. Mi hai chiesto come stavo. Mi hai sfiorato di nuovo il braccio, e per tre minuti ho pensato che fossi innamorato di me.*

Ma lui se n'è già andato. Però ho sempre quella fotografia di me che lo guardo, e quella in cui lui guarda me. Due foto solo mie.

Mi sento come in una bolla, spaesata, mentre cerco di ricordare i particolari di questa giornata, cose che vorrò poi ripercorrere nella mia mente stasera, quando sarò a letto, da sola. I ricordi scivolano via, se non trovi il tempo e il modo di farli restare. Il modo in cui le scapole gli sporgono da sotto la maglietta, le mani che hanno tremato per un secondo quando ha tirato fuori i soldi dal portafoglio per pagare i panini, la sua totale attenzione a ciò che diceva Mildred e il suo: «Grazie, signora» quando ci ha fatto entrare all'Independence Hall. La musica, l'adrenalina. Le sue dita ultramorbide.

«Come vanno le cose?» È Andrew, il mio dirimpettaio: giacca pied-de-poule, unghie curate, sguardo vivace e limpido, un ombrello verde in mano.

Alzo gli occhi verso il cielo. Non c'è nessuna avvisaglia di pioggia.

«Bene.» Andrew mi sta simpatico, quindi mi sforzo di fare conversazione. «Va tutto bene.»

«Meglio così.» Batte l'ombrello a terra. È carino. Nuovo e compatto.

«Come sta Amelia?» È sua figlia.

«Oh, sta bene. Le solite cose. Oggi pianoforte, compiti, e poi a letto presto, credo.» Si passa una mano tra i capelli biondi. Pronuncia parole nette, precise, arricciando la bocca. «L'autunno è ormai iniziato, ed è ora di tornare alla routine di sempre.»

Comincio a pianificare mentalmente la mia routine, a ricordarmi tutto ciò che ha detto la signora LaRouche.

Andrew mi sta guardando, così cerco di riprendere la conversazione. «È bello sentire dalla finestra Amelia che suona il pianoforte. È davvero brava.» Non è vero. È bravina. Ma ha solo otto anni.

«Quando Amelia è nata» dice Andrew, un po' a me e un po' per ricordarlo a se stesso, «non sapevamo se avesse preso o no l'AIDS. Sua madre era ammalata, e ci è voluto un anno prima di avere risposte certe. Quando è nata era già tossicodipendente. Suonare il pianoforte la aiuta a focalizzare l'attenzione, a concentrarsi.»

«Sapevate che era malata e l'avete presa lo stesso?» Andrew non mi ha mai raccontato queste cose, prima. Mi ricordo quando lui e Edwin hanno adottato Amelia, l'hanno portata a casa avvolta in una coperta. È la dimostrazione lampante che non si può mai sapere cosa succede nelle case degli altri.

«Assolutamente sì» risponde. «Volevamo una creatura da accudire, e lei era una creatura che aveva tanto bisogno, no?»

«Wow.»

«Così mi sono detto che deve essere capace di fare una cosa bella. Solo una. Non importa che cosa sia. Ho scelto per lei il pianoforte perché le tiene impegnate le mani e deve fare esercizio tutti i giorni, ed è qualcosa in cui posso aiutarla.»

«Una cosa bella ogni giorno.»

«Esatto.» Mi guarda come se volesse dire di più,

parlare di me, forse, perciò mi tiro il cappuccio sulla testa e dico: «Passate un bel pomeriggio».

«A fare cose belle» risponde, e mi fa l'occhiolino.

«Esatto.»

54° giorno

Il giorno dopo, quando io e Wren torniamo a casa, scopriamo che in cortile sono state spazzate via le foglie secche, i fiori sono stati annaffiati e i due cespugli potati. Sui lati della veranda sono comparsi due vasetti di crisantemi, uno color cachi, l'altro giallo. Dovrei esserne grata, lo so, invece la cosa mi fa arrabbiare così tanto che sono sul punto di sbottare. Mi avvicino a casa come se il vialetto fosse un campo minato. Da qualche parte alle mie spalle Wrenny saltella euforica.

Oh, quanto *adora* i fiori!

Oh, quanto *adora* l'erba!

E ancora: *Guarda! Guarda!* Qualcuno ha lasciato accanto alla porta un cesto con delle tortine di pasta sfoglia.

Tortine di pasta sfoglia?, penso. *Mi stai prendendo in giro?*

«Che pensiero gentile» dico, sforzandomi di mantenere la calma. Afferro il cesto. I miei occhi a raggi laser si posano sulla casa di Andrew. Potrebbe essere un suo tipico comportamento, da perfetto Buon Samaritano, che vede e sa più di quanto dovrebbe. Dev'essere lui per forza. Ma se non la smette di fare tutte queste buone azioni, di portare in casa piante e cibo in continuazione, qualcuno prima o poi se ne accorgerà, e di lì a poco cominceranno a fare domande.

Sto giusto per attraversare decisa la strada quando vedo che Andrew sta parcheggiando la sua nuova Volvo station wagon. Scende e tira fuori dall'auto una shopper dell'esclusivo Bergdorf Goodman. È vestito in modo superelegante, come sempre quando torna da New York. Se ha passato là tutto il giorno, non può essere stato lui. Guarda verso di me e mi saluta alzando il pollice.

«Bel lavoro lì davanti!» dice con un misto di sorpresa e allegria, come se il fatto che il mio cortile appaia curato come quello di tutti gli altri vicini fosse una cosa fuori dal mondo. Ma vuole anche essere incoraggiante, lo so. Ha i capelli perfettamente in piega anche se si è alzato il vento. Presto farà freddo sul serio.

Chi è il responsabile di tutto questo, allora?

Quella stessa notte, dopo che Wren si è addormentata, salgo in soffitta. Di solito sto alla larga da questa parte della casa. È proprio brutta. Dopo che zia Jan è morta, mia madre, anche se era incinta di Wren, ha svuotato la sua casa lasciando solo i mobili e ha sistemato tutto quassù. Non ha mai detto niente, ma credo che non se la sentisse di buttare o dare via le cose di Jan. Poco prima che se ne andasse, ha fatto lo stesso con la roba di papà. Ogni traccia della sua presenza in questa casa è scomparsa.

Ora che ci penso, è molto significativo.

Quando ero piccola, salivo quassù da sola ogni tanto, credo per mettere alla prova le mie paure. Mi dava i brividi e a volte mi piaceva sentirmi spaventata. Mi fermavo a metà scala e fantasticavo su cosa ci fosse in serbo per me. Un assassino psicopatico? Il fantasma di una vecchia pazza, con una chioma arruffata di capelli neri e labbra sottili e screpolate? O un covo di ragni? Miliardi e miliardi di ragni che non vedevano l'ora di saltarmi addosso dappertutto, depositare le uova sulla mia faccia e ricoprirmi con i loro piccoli.

Allora accendevo la luce e scrutavo tutti gli scatoloni. Niente animaletti, nessuna minaccia. Solo un silenzio vivo, gravido come lo era mamma, colmo di qualcosa di indefinibile. Eppure non riuscivo a salire tutta la scala. Solo adesso ricordo cosa c'è sotto alcuni teli, e voglio andare a vedere.

Ci metto qualche istante ad abituarmi alla luce. Due neon non funzionano più. Intravedo solo le sagome degli scatoloni, e un sacco di bassi e chitarre. È come se avessi delle dita nel petto che mi tamburellano dentro, mi spingono, si infilano tra le costole, fin giù nello stomaco. Sto facendo qualcosa che non dovrei fare. Sono entrata nel sarcofago.

Non ricordo granché di mia zia Jan. A dire il vero proprio niente, perché non l'ho mai conosciuta. Mamma se n'è andata da Cherryville appena è stata grande abbastanza per farlo, diretta a ovest, sulla costa. Dice che aveva seguito la musica. I loro genitori erano morti in un incendio, credo, in circostanze tragiche mentre erano in vacanza nei boschi. Avevano inalato del fumo. Mamma non voleva mai aggiungere altro sull'argomento. Si intristiva. Anche nei suoi momenti migliori, quando si parlava di quella storia era come se tracciasse un'immaginaria linea di confine.

Teneva una fotografia di sua sorella Jan sulla mensola del bagno, quando ero piccolissima e vivevamo ancora in California. A un certo punto, quando era incinta di Wren e la zia era già morta, mi aveva detto che tra me e mia sorella ci sarebbe stata la stessa differenza di età che c'era tra lei e la sua. Sette anni e tre mesi. Coincidenze che fanno pensare, no?

Strano, aveva borbottato allora, accarezzandosi la pancia enorme mentre me lo raccontava.

Perlustro qualche scatolone di vestiti, libri coperti di muffa, tele che per poco non mi si sfaldano tra le mani. In effetti sono veramente circondata da ragni, e anche da altri insetti non meglio identificati. Ma non mi fanno paura.

Arrivo presto a quello che stavo cercando. Trascino le scatole di plastica gialla giù per le scale, spengo la luce e poi mi siedo sul pavimento e le apro. Pennelli di tutte le misure, centinaia di tempere a olio, matite di ogni tipo, penne su penne.

Tiro fuori i tubetti di tempera dai cassettini, li dispongo a terra, in una sequenza di colori che forma un arcobaleno tutto intorno a me. Sento improvvisamente caldo, ho la bocca un po' asciutta. Apro un tubetto, verifico le condizioni della tempera. Prima esce un po' d'olio, ma poi uno spruzzo di azzurro cielo mi attraversa la punta delle dita, e le sfrego insieme. Le sento formicolare.

61° giorno

Vado al lavoro con la mia macchina, ultimamente, visto che Eden non deve più cercare di nascondersi a casa mia. Sono settimane che non le parlo. Il braccio che mi teneva il posto durante l'ora di inglese è diventato un insieme di gomito e mano che separa e scherma il viso di Eden dal mio e mi dice di stare alla larga. Mi siedo quasi sempre in fondo alla classe, perché dopo aver accompagnato Wren arrivo per ultima, giusto in tempo per l'inizio delle lezioni. Eden mi ignora anche durante il pranzo, tutta immersa nella lettura di un libro che tiene dritto davanti a sé, così non vedo altro che il nero delle sue unghie morsicate e i suoi capelli rossi. Ho preso l'abitudine di sedermi fuori da scuola per conto mio, a fissare un cielo insignificante mentre mangio un sandwich altrettanto insignificante. Non era mai successo prima. Mai. Mi sento un buco enorme nel petto, tutto lo spazio che prima era occupato da Eden ora è vuoto. Ed è vuota anche la mia personalità. Non so chi sia stata delle due a dare inizio a questo mutismo e non so come farlo finire, quindi non prendo provvedimenti di nessun genere. Sopporto e basta.

Digby però continua a fare un salto la sera, parcheggia la Bestia davanti a casa nostra dove Janie potrebbe passare in qualsiasi momento e vederlo. A quanto pare non gli importa, così non dico nulla. Ed Elaine? Non chiedo mai di lei, ma credo sappia sempre dove trovarlo. Digby dice che ci penserà lui a sua madre, se dovesse diventare necessario, e io so che è vero. C'è qualcosa in lui che mi porta ad avere fiducia, anche se so benissimo che Janie Jones darebbe di matto se sapesse cosa sta succedendo da queste parti. Sarebbe pronta a strangolare mia madre con le sue stesse mani. Lei è il tipo di mamma che per i suoi figli sarebbe anche capace di sollevare un'auto con la forza delle braccia, e so che per me farebbe altrettanto o quasi.

«Sono tornata, tesoro» annuncio appena entro in casa. Trovo Digby disteso sul divano, intento ad armeggiare con il suo telefono. Mi lascio cadere accanto a lui, ancora sudata e puzzolente, ma troppo stanca perché me ne importi qualcosa. «Dov'è Wren?»

«Si è addormentata davanti alla TV. Di sopra.»

«Da sola?»

«Mi sono seduto sulle scale, così ero più vicino se aveva bisogno di me. Comunque sì, da sola.»

«È un miracolo.» Dico sul serio. «Grazie.»

«Tranquilla.» Si tira su a sedere. «Sarai stanca.»

«No.» Non voglio che se ne vada così presto.

Però chiudo gli occhi, è più forte di me, ma non perché ho bisogno di dormire. È perché lui è gentile, generoso, altruista. Non può essere vero. Gli sono grata con tutta me stessa.

Mi sta fissando. Lo sento attraverso le palpebre. Apro gli occhi e lo guardo, mi sforzo di non distogliere l'attenzione. Non mi aspetto di vederlo così, in contemplazione, come se avesse davanti una lunga equazione che sta cercando di risolvere. Una fitta di dolore gli attraversa il viso. La vedo accendersi nei suoi occhi, nella bocca, affondargli dentro lo stomaco, tanto da farlo contorcere. Conosco quel dolore come conosco ogni suo movimento.

Mi aspetto che si alzi come fa sempre, che prepari le sue cose per andarsene, e invece no.

«È carino, il cortile» dice.

«Così dicono» rispondo.

Toccami. Baciami. Sono tua. Tua.

Ma so che non lo farà. Non è il tipo che tradisce.

Mi piacciono le sue scarpe. Vans. Mi piacciono i suoi piedi lunghi.

«Non è successo nient'altro, giusto?» mi chiede. «Qualche rivelazione su chi sta facendo tutto questo?»

«Possiamo cambiare argomento, per favore?» Non

voglio parlare di cose tristi, perché se comincio so che poi sarà impossibile trattenermi.

«Okay.» Infila di nuovo il telefono in tasca. «Vuoi che me ne vada?»

No. Voglio che tu rimanga qui per sempre, rimbecillito che non sei altro. «Non hai da fare?»

«Posso restare ancora un po'» risponde.

Mi tolgo le scarpe, prendo una coperta e me la avvolgo a mo' di pareo. «Puzzo.»

«Sì, un po'. Ma non è male. Mi fa venire voglia di mangiare *burritos* ripieni di qualsiasi cosa.» Si accarezza lo stomaco muscoloso e sorride. «È andata bene la serata?»

«Così così» dico scuotendo la testa. «Ora tu» aggiungo.

«Io cosa?»

«Parlami di te. Mi chiedi sempre come sto e come va, ma di te non dici mai niente. Mi sembra come minimo scorretto.»

Gli si accendono le guance di rosso. Che carino.

Poi alza le spalle.

«Così non va» gli dico. «Eviti le domande, porti sempre il discorso da un'altra parte. Adesso invece tocca a te.»

«Non è che tu risponda sempre, quando ti chiedo qualcosa.»

«Visto? Come ti dicevo: eviti le domande.»

«Sai già tutto di me.»

«Direi proprio di no.»

Vorrei farlo arrossire per sempre.

«Il tuo cibo preferito» lo incalzo. «Cominciamo da quello.»

«Sul serio?»

«Cibo preferito» ripeto.

Si morde il labbro, quello superiore. «Mi piace l'insalata.»

«L'insalata?»

«Sì» risponde imbarazzato, come se mi avesse detto che ogni tanto si veste da donna. «Mi piace l'insalata, quella verde appena colta, okay?» Lo dice con quel sorriso che mi fa impazzire.

«Ma non sa di niente!»

«Lo so» ribatte «ed è proprio per questo che mi piace. Mia madre cucina sempre montagne di cibo, no? Polpettoni, patate, pasta, arrosti, polli al forno e... non so. Mi sembra un massacro.»

Mi allungo in avanti e distendo le gambe. «Digby Jones, mi stai dicendo che sotto sotto sei vegetariano?»

Si gira appena di lato, ora siamo quasi a faccia a faccia, poi si toglie le scarpe e appoggia i piedi sul divano, a qualche millimetro dai miei. «Mi piace l'idea che dalla terra escano cose così buone e così diverse. Ma mi piace mangiare anche una bistecca ogni tanto, soprattutto se è a Philadelphia.»

«Be', immagino che abbia un senso.»

«Che vuoi dire?»

«Non so. Mi sembri...» Scelgo le parole con attenzione. «Mi sembri troppo sensibile per la carne.»

Allunga per un istante la mano verso di me, poi ci ripensa.

«Vuoi sapere qual è il mio cibo preferito?» chiedo.

«No, lo so già.»

«Davvero?»

«Be', sapevo quello che era una volta.»

«Cioè?»

«I peperoni.»

È come se avessi un terremoto dentro. Quando eravamo più piccoli, mentre tutti sgranocchiavano patatine e tracannavano bibite colorate, io andavo di peperoni. Non so perché. Forse perché erano croccanti, succosi, semplici. È da una vita che non ne mangio. Che non mi siedo davanti a un bel piatto di peperoni a fette e mi gusto quel loro sapore rinfrescante.

«Sei un tipo attento, Digby Jones» dico.

Distoglie lo sguardo.

«Che c'è?» domando.

«Niente.» Si toglie il berretto, lo rigira fra le mani. «Mi piace quando mi chiami per nome e cognome.» Un minuscolo accenno di rughe gli increspa gli angoli degli occhi. «Quindi i peperoni sono ancora il tuo cibo preferito?»

«Non lo so» rispondo. «Non so più neanche quello.»

Alza gli occhi al cielo.

«Che c'è?»

«Sei così melodrammatica su tutto, ultimamente. *Mia madre se n'è andata e mi ha lasciato la mia sorellina da accudire. Ho un angelo custode che mi porta da mangiare. Lavoro in un ristorante e mi tocca parlare con le persone.*» Mi scalcia il piede con aria dispettosa. «*Ehi, non so più neanche quale sia il mio cibo preferito.*»

Fosse stato qualcun altro, a dirlo, l'avrei presa male. Ma con lui è tutto diverso.

«Hai finito?»

Scuote la testa e mi fissa. Ha un'espressione maliziosa. «*Ehi*» continua «*sono così bella.*» Poi, più piano: «*Sono così intelligente, così in gamba, sto facendo miracoli*». E infine, quasi sottovoce: «*Sono così incredibile*».

«Incredibile» ripeto, ma è a lui che sto pensando.

«Sì, incredibile. Hai fatto una cosa pazzesca, quella sera con tuo padre.»

Tento di cambiare argomento.

«Lo so che non ti piace parlarne, ma sei saltata addosso a... cento e passa chili di uomo, e sei riuscita a staccarlo da tua madre. Cioè, dimmi se non è... incredibile.»

«Non è andata così» lo correggo.

«Com'è andata, allora?»

«Non lo so. Lui non si è ribellato. L'ha lasciata andare appena l'ho toccato. È stato come se non si rendesse conto di cosa stava facendo, come se non fosse padrone delle sue azioni.»

«Follia passeggera.»

«Non tanto passeggera, credo.»

«E non l'hai più visto?»

«No. Non ha voluto vedere nessuno. Mamma ci ha provato un paio di volte, e poi alla fine...» E allora mi costringo a dirlo. «È scomparso anche lui. Non è più al centro di igiene mentale. Mia madre l'ha scoperto poco prima di andarsene. Non so che fine abbiano fatto, nessuno dei due. Sono come svaniti nel nulla.»

Mi accarezza il piede, scuote la testa. «Non so come abbiano fatto a lasciarvi. Soprattutto a lasciare te. Proprio non lo capisco.»

Tiene ancora la mano sul mio piede. In questo momento sono un unico, enorme piede, e la sua è un'unica, enorme mano, che mi stringe, mi accarezza. Mi manca il fiato. Un calore mi pulsa attraverso il corpo.

«Cosa stai facendo?» Chi è questo ragazzo che conosco praticamente da sempre, e perché significa così tanto per me?

Sorride, e giuro, giuro che lo vedo commuoversi. «Non lo so.» Non sposta la mano dal mio piede.

Mi avvicino. Mi piego su me stessa e mi avvicino a lui, lentamente. Annullo ogni ragionamento, tutto ciò che mi dice di smetterla, che quello che sto facendo è sbagliato. Quando sono davanti a lui mi fermo.

Poi la sua mano si sposta sulla mia schiena, e mi tira a sé, sulle sue ginocchia. Il mio corpo tocca il suo giubbotto, gli tolgo il berretto dalle mani e lo lascio cadere. Faccio scorrere le dita sulle strisce bianche disegnate sul davanti della giacca. Dal petto mi sfuggono respiri corti, quasi dei gemiti.

L'aria che esce dalla sua bocca è dolce, la assaporo. Sento che mi stringe a sé con la punta delle dita. Spero che il mio respiro sia altrettanto dolce. Le nostre labbra si sfiorano appena, e lo stupore, la sorpresa, mi annientano. Con gli occhi spalancati fisso le sue palpebre chiuse, ma poi apre anche lui gli occhi e siamo così vicini che mi sembra di guardare l'immagine sfocata di un ciclope. Mi perdo in quel suo unico occhio.

«Lucille» sussurra come fosse una supplica.

E allora ci baciamo sul serio, e non mi disintegro, non mi dissolvo, non cado a pezzi come credevo mi potesse succedere. Mi sento inondare di dolcezza, invece. Sprofondiamo l'uno nell'altra. Le sue labbra sono morbide, il suo corpo è teso, avido, e dopo aver assaggiato il sapore delle nostre bocche, è come se diventassimo le persone più affamate del pianeta e qualcuno ci trasformasse l'una nella cena dell'altro, anzi nel dessert. Diventiamo bistecca e purè al sugo, e poi tortino di cioccolato fondente con cuore caldo, panna montata e salsa ai mirtilli. Il massimo del piacere. Anzi no.

Baciarlo è come dare un morso a un peperone fresco e croccante. Perfetto, proprio come me lo immaginavo.

Ed è allora che il suo telefono mi vibra contro la gamba e scatto all'indietro. Continua a vibrare, ininterrottamente. Dalla faccia capisco che sa di chi si tratta: Elaine. Non risponde. Non si muove di un millimetro. Lo lascia vibrare finché non smette. Passano pochi secondi, e poi ricomincia. Elaine ha lasciato un messaggio sulla segreteria. Chissà cosa dice.

Forse qualcosa tipo: *Ciao, sono io. Ti amo, Digby. Mi manchi. Dove sei? Chiamami appena ascolti il messaggio.* Mi sembra quasi di sentire la sua voce. Cosa farebbe se sapesse che il suo fedelissimo fidanzato era con un'altra, e che quell'altra ero io? Come si sentirebbe?

Indietreggio del tutto, fino a tornare con la schiena contro il divano. Lui ha la faccia di chi ha appena perso qualcosa. Ora scapperà, lo so. Se ne andrà e non tornerà mai più.

Mi tira per un piede. «Lucille, io...»

«*Ehi*» dico «*sono stupendo. Ehi, ho un fisico da paura. Ehi, ho una fidanzata bellissima.*» Mi fermo, cerco di riprendere il controllo.

Ora la sua voce sembra pungente, salata, come se gli avessi portato via ogni dolcezza. «Non ci capisco più niente, Lucille. Chi è questa ragazza assurda che conosco da una vita?» Si prende la testa fra le mani, fissa il pavimento. «Le interesso? È solo curiosa? Questa ragazza è incredibile. Gli occhi, Lucille, dovresti vederle gli occhi.» Devo trattenermi, devo letteralmente aggrapparmi al divano che ho sotto il sedere, per non saltargli addosso di nuovo. Quasi non riconosco la persona in cui mi trasformo quando sono con lui.

Il cellulare vibra ancora. Un SMS questa volta.

«Non devi leggerlo?»

«No» risponde. «Non c'è bisogno.» Interrompe bruscamente quello che si era creato tra noi, qualunque cosa fosse. Sono stordita. Dopo un istante mi domanda: «Che succede tra te e mia sorella?»

«Non lo so.» Perché me lo chiede adesso?

«Non vi parlate, vero?»

«Non proprio.»

«L'hai cacciata da casa tua» dice. «Voleva solo aiutarti.»

«Ho cacciato anche te, se è per questo. Ma tu sei ancora qui.»

«Sì, ma...»

«Ma cosa?»

«Non ho resistito a tornare.»

«Lei sì, invece» gli faccio notare, cercando di non pensare a quello che ha appena detto.

«Be', dovresti parlarle. Penso ci sia rimasta davvero male.»

«Mi dispiace» rispondo «ma non ho tempo per tutto. Sto cercando di sopravvivere.» Solo allora mi rendo conto di quanto sono fragile, quanto ce l'ho con Eden, quanto è sbagliato che lei si senta offesa mentre io sto passando questo inferno.

«Ho una cosa per te.» Tira fuori il cellulare dalla tasca. «Un secondo.» Scrive alla svelta qualcosa, immagino un SMS per Elaine, e io faccio finta di non sentire la fitta di dolore che mi provoca. Poi mi infila le cuffiette. Quel gesto mi addolcisce un po', anche se il pensiero di Elaine è ancora in agguato tra le note. «Ti piacerà, vedrai.»

La musica non è il genere che ascolto di solito, ma non è male, e chiudo gli occhi. Quando è finita, vedo che si è rimesso il berretto e ha lo zaino in spalla.

«Bella, vero?»

«Sì, bella.» Gli restituisco il telefono. «Grazie.» Sento un dolore diffuso mentre lo vedo avvicinarsi alla porta.

Prima di uscire mi abbraccia forte. Cerco di stringermi a lui più che posso, e per un istante di follia penso che, se trattengo la presa, forse riuscirò a diventare lui, a dissolvermi dentro di lui, e tutti i miei problemi scompariranno. E invece siamo sempre io e lui, i nostri corpi si separano, la sua mano è sulla porta, lo zaino sulle spalle, e la notte è sul mio viso.

Poi non resta più niente.

Prima che papà impazzisse

Parker Delaney è tutto ciò che so, riguardo al sesso. Sembra una vita fa, quando avevo ancora i miei genitori e non sapevo come tutto può finire in un attimo. Credevo ancora che bastasse una famiglia, qualche vestito, un'amica del cuore e una sorella a volte rompiscatole per vivere giorno dopo giorno fino a diventare grandi, e allora capire veramente il mondo.

Ogni tanto passavo il pomeriggio al parco con Eden, quando eravamo ancora vicine di casa, prima che accanto a noi si trasferisse la signora Albertson. Guardavamo i ragazzi che giocavano a basket – facevano due tiri, così dicevano – e ci stendevamo sulla giostra a fissare il cielo e a raccontarci un sacco di stupidaggini.

Parker non era il mio ragazzo, ma era comunque la cosa che più gli andava vicino, nel senso che aveva sempre una gran voglia di baciarmi. Andava avanti così già da un po'. Un giorno mi ritrovai dietro la palestra di karate, dall'altra parte del parco, con la mano di Parker sotto la maglietta, dentro i pantaloni. Accaddero tante cose tutte insieme. Mi chiedevo se mi piacesse o no, se importasse o no, la sua lingua era troppo umida, troppo grande, per darmi il tempo di stargli dietro. E anche le sue mani. Era come se ne avesse otto, spuntavano dappertutto.

Aveva capelli morbidi come seta. Avrei voluto accarezzarli, guardarlo negli occhi per capire cosa aveva dentro, parlargli un po', ma lui si muoveva come se toccarmi, starmi appiccicato addosso, potesse salvarlo da chissà quale incendio. Sembrava avesse una bomba nei pantaloni, pronta a esplodere e distruggere il mondo, se non fosse riuscito a ottenere ciò che voleva, se non lo avessi lasciato fare. Dovetti divincolarmi con la forza, quell'ultimo giorno, perché altrimenti avrei perso la mia verginità contro un muro sporco, e non gli permisi un secondo tentativo quando mi disse che i suoi non erano in casa e che potevamo andare lì. Giurò che non mi avrebbe costretto a fare niente, ma io non mi fidai. Quando si oltrepassa un certo punto, i freni non funzionano sempre come dovrebbero.

Fu un'esperienza inebriante e disgustosa allo stesso tempo.

Avevo ancora tutti i vestiti addosso, ma Parker era comunque riuscito a toccarmi ovunque, e io non riuscivo a capire se mi fosse piaciuto o no. Da quando papà se n'è andato e fino a oggi, con Digby, non ho più voluto toccare nessuno, da nessuna parte, e a dire il vero non mi sembrava che qualcuno avesse voglia di toccare me.

Con Digby credevo di essere al sicuro.

61° giorno - continua

E così, dopo che Digby se n'è andato, faccio la doccia più bollente della storia mentre Wrenny dorme in camera di mamma, il che significa che posso prendermela comoda, posso godermela, sentire l'acqua goccia a goccia, ripensare a quel bacio, a quei baci, imprimere ogni secondo nella mia coscienza. Ricordate quello che ho detto sul dimenticare le cose? È tutto vero. Bisogna concentrarsi per tenersele strette.

Poi mi infilo una delle vecchie magliette di papà. La scritta dice: PERCHÉ INDOSSI QUELLO STUPIDO COSTUME DA UOMO? È una citazione da *Donnie Darko*, il suo film preferito.

Le mani di Digby erano morbidissime, ma la pressione delle sue dita sulla mia schiena mi ha letteralmente fatto spiccare il volo. Sto pensando che un semplice sfiorarsi di labbra mi ha fatto sentire come la protagonista di un romanzo d'amore. Un tremore alle gambe, il respiro corto, un gemito. Cose così. Sono andata a sedermi su di lui: cavolo, sono stata sfacciata.

Ma non mi è dispiaciuto. Per qualche istante sono rimasta dov'ero, e sapete la verità? Non mi sarei spostata neanche per un miliardo di dollari. Ora però provo un dolore ancora più forte di prima. Più insopportabile.

Lo voglio, lo voglio, lo voglio.

Voglio sentire Digby su di me.

Vorrei poter parlare con Eden.

Non posso stare ferma, devo muovermi. Mi asciugo, mi vesto e corro a prendere la scatola gialla, le tele stropicciate ma pulite che ho trovato in soffitta. Apro la scatola e tiro fuori i pennelli, le tempere. Un colore, poi un altro... sono come impazzita. Diluisco la tempera con il solvente e mi butto a capofitto sulla tela. La tempera è viva. Arancione, rosso, giallo, e poi azzurro, viola, verde, tutti insieme uno vicino all'altro. Non ho un'immagine in testa. Ho solo la sensazione di ciò che può diventare.

Quando ho finito mi ritrovo davanti a un tornado di colori. Sono sicura al cento per cento che artisticamente sia una schifezza.

Ma so il significato di quel rosso, dell'arancione, del giallo. Sono io, sono io che brucio. E l'azzurro, il verde, il viola? Quello è Digby.

Siamo dipinti insieme, sospesi sopra tutto e tutti.

62° giorno

Il giorno dopo vado da Eden. Non riesco a togliermi dalla testa le parole di Digby. Io e Eden abbiamo davvero litigato? Non ne sono sicura, ma anche se fosse così, la cosa non mi sta più bene. Arrivo a lezione di inglese in anticipo, per sedermi vicino a lei. Provo a darle un colpetto sul piede, ma lei non reagisce. Le mando un SMS affettuoso durante l'ora di matematica, ma lei non risponde. Mi siedo al suo tavolo per pranzo, ma parlo solo io. La conversazione è così interessante che lei prende con tutta calma la sua roba e se ne va, lasciandomi lì come una stupida.

Ce l'ha proprio a morte con me.

67° giorno

Digby arriva a casa mia come al solito. Non ci sono baci. Nessuno tocca nessuno. Dopo che se n'è andato, in cucina trovo un piatto con sopra una composizione di peperone rosso tagliato a striscioline.

69° giorno

«Per il mio compleanno sarò un arcobaleno!» È con queste parole che Wren mi accoglie quando torno dal lavoro, con due buste della spesa cariche di cose per preparare la festa.

Indossa un body sbiadito con una serie di strisce rosse, verdi, gialle e blu che attraversano il davanti, ed è così sorridente che mi sforzo di non scoppiare a ridere. È completamente euforica. Mi sembra impossibile che siano le undici di sera. Lascio le buste in cucina. Io, a dire il vero, sono un po' stanca.

«Ha voluto andare in soffitta. Spero non ci siano problemi» dice Digby. «Credo abbia visto delle cose che hai portato giù.» E poi, avvicinandosi, aggiunge: «C'è una montagna di roba fichissima, lassù. Scatoloni a non finire. Tutte quelle chitarre...» Si interrompe, mi squadra per un secondo. «Scusa se è ancora sveglia. So che domani deve andare a scuola.»

Al lavoro ho guadagnato quasi duecento dollari, giusto in tempo per il compleanno di Wren. Dovrei essere di buon umore, invece sono arrabbiata, nervosa, e non so neanche perché. Forse dipende dal fatto che io e Digby non abbiamo parlato del bacio che c'è stato fra noi, ma lui continua a venire qui e io non devo toccarlo, ed è una vera tortura. E poi gira per casa mia come gli pare, va persino in posti che io stessa sto scoprendo solo ora.

«Conosco una cicciona così cicciona che per girarle intorno mi ci è voluto un pieno di benzina» dice Wren, saltellando in cerchio.

«Scusa, forse non volevi che Wren salisse di sopra» dice Digby. «Ha insistito.»

Mi tolgo il giubbino e lo appendo, cercando di controllarmi e allontanarmi da loro, in modo da ritrovare la calma. Wren sembra in preda a un attacco di pazzia. Poi si ferma e beve qualche sorso di latte e cioccolato.

«Non dovresti bere quella roba, a quest'ora di sera» le dico quando torno in salotto. «Ci credo che sei così su di giri.»

Digby le toglie il bicchiere dalle mani. «Ci sono un sacco di disegni e dipinti, lassù. Erano di tua zia, giusto? Ne hai ancora qualcuno dei tuoi?»

«Ehi!» esclama Wren riprendendosi il suo latte e cioccolato. Digby viene verso di me.

«Dovresti chiedere il permesso, prima di infilare

il naso tra gli oggetti personali di qualcuno» sbotto acida.

Digby fa di nuovo quella faccia, come se gli avessi dato uno schiaffo, cosa che d'un tratto ho una gran voglia di fare. Ma proprio tanto.

«Comunque...» interviene Wren, mettendosi in mezzo a noi, «ho trovato uno scatolone pieno di cose interessanti. Visto che il mio compleanno coincide con Halloween, avevi detto che dovevo essere creativa, così ho pensato di vestirmi da arcobaleno.» Una breve pausa, poi riprende. «Domani potresti comprarmi una confezione di glitter, magari prima della scuola, no? Ho visto che ne hanno di tutti i colori, potrei metterne un po' qua e là, e se mi compri una calzamaglia viola avrei addosso praticamente un intero arcobaleno.»

«Vuoi darti una calmata, Wren?!» le urlo.

Mi viene subito da chiederle scusa, anche se lei sta dando di matto. E in un certo senso anche Digby mi sembra fuori di testa, visto che si comporta come se non avesse tradito la sua ragazza con me, come se tra noi non ci fosse niente e venisse qui solo per fare da babysitter a mia sorella. Io e Digby ci fissiamo. È un duello, e io sono pronta a sparare.

Wren guarda prima l'uno poi l'altra. «Voglio sapere che ne pensate della mia idea dell'arcobaleno.»

«Gli arcobaleni sono magici.» Mi allontano da Digby e vado ad accarezzarle i capelli, trovandomi un grosso nodo tra le mani. Wren si divincola. «E tu sarai l'arcobaleno più bello di sempre.»

Fa una piroetta. «I compleanni ad Halloween sono i migliori. Ti ricordi quando papà e mamma si erano vestiti da Shrek e Fiona?»

«Ti sei messa a piangere!» le rammento. «Papà ti aveva spaventato, con quella maschera addosso.»

«Quello non me lo ricordo» risponde, quasi infastidita. «Mi ricordo solo che mi era piaciuto un sacco.»

«C'ero anch'io» interviene Digby. «È andata proprio così. A volte ricordiamo le cose in modo diverso da come erano.»

«Si chiama revisionismo» dico.

«O cambio di prospettiva» aggiunge Digby. Poi, dopo una breve pausa: «Devo andare».

«Okay.»

«Ascolta...» dice mentre tira fuori le chiavi dalla tasca. «Non ti voglio creare problemi, ma stasera sarei dovuto andare a sentire Elaine alla sua gara di dibattito. Non credo di poter badare a Wren la sera di Halloween. Avrei fatto volentieri dolcetto o scherzetto con lei, ma Elaine vuole stare un po' con me.»

«Sono d'accordo con Fred che avrei lavorato, anche se è venerdì. Tu mi avevi detto che...»

«Mi dispiace, Lucille, ma...»

«No, nessun problema, fai pure.»

«Magari potrei stare qui insieme a Elaine.»

Non esagero se dico che queste parole provocano in me conati di vomito, travasi di bile e compagnia bella. Non so come gli sia venuto in mente.

«No, grazie.»

Palesemente a disagio, risponde: «Vabbè, okay. Scusa». Poi sorride e mi sembra un agnellino.

«Ripetilo subito dieci volte di fila e poi non dirlo mai più.»

«Lucille...»

«Sei in debito di dieci volte» gli dico. E poi: «È ora di andare a letto, Wren». Le strappo di mano il latte e cioccolato, vado dritta in cucina e verso quel che resta dentro il lavello.

«Perché sei così nervosa, stasera?» esclama Wren. «Non mi piace per niente, quando sei così.»

«Sai che adesso starà sveglia tutta la notte?» dico a Digby dalla soglia della cucina. «Ai bambini non si danno zuccheri, prima di andare a letto.»

«Non sono stato io. Ha fatto tutto da sola.»

«Be', era sotto la tua responsabilità. Dovevi mantenere il controllo.»

«Come te?» ribatte, con il tono di chi è furioso.

«Vai di sopra» ordino a Wren, che non ha il coraggio di discutere. «Buonanotte, Digby. Divertiti.»

«Ho visto il quadro» dice rivolto alle mie spalle.

Mi prende un panico improvviso.

«Mi piace» aggiunge. «Un sacco.»

«Anche a me!» dice Wren. «Voglio dipingere. Possiamo dipingere insieme?»

«Non questa sera» rispondo.

«Ma...»

«Ho detto non questa sera!»

Digby è ancora fermo sulla porta. Che gran casino, tutto quanto. L'ho ferito e ora sta facendo di tutto per rimediare. Si capisce benissimo, e so che non posso far finta di niente. Non voglio che tra noi ci siano brutte parole.

«Vai di sopra, Wren. E lavati i denti.»

Incredibile ma vero, obbedisce.

Appena se ne va, Digby mi cinge la vita e mi abbraccia forte. Io ricambio con la stessa intensità.

«Tu vuoi farmi impazzire» mormoro con il viso sul suo petto.

«Non è vero.»

Devo inarcare il collo per vederlo in faccia.

«Sto cercando di fare la cosa giusta.» Mi sfiora un orecchio con il dito. Sembra quasi sul punto di piangere. «Lo capisci?»

«Sì, credo di sì.» Faccio per toccargli la mano, ma lui indietreggia.

«È davvero un bel quadro» ripete, e se ne va.

Mentre guardo con Wren *La guerra delle torte*, cerco di ritrovare la calma. Le due squadre in gara devono organizzare un ricevimento per George Lucas, quindi il tema è *Guerre Stellari*. Io e Wren non siamo d'accordo su chi meriti la vittoria. Per me è tutta una questione di personalità, per Wren di gusti e sapori. È disposta a fare il tifo per una concorrente stronza, a patto che prepari cupcake al pistacchio con una glassa di cioccolato bianco. L'ingrediente segreto? Acqua di rose. Wren è talmente entusiasta del suo body arcobaleno che la lascio vestita così anche per dormire. Del resto non ho neanche io il tempo di cambiarmi e farmi la doccia. Ci addormentiamo in camera di mamma con la TV accesa.

71° giorno

È il compleanno di Wren. Ed è anche Halloween. C'è qualcosa che mi tormenta, che mi inquieta. Tutti noi abbiamo sempre una maschera addosso, giusto? Il fatto che, proprio oggi, io abbia una voglia incredibile di togliermi la mia e mostrarmi al mondo per quello che sono veramente mi sembra un'ironia assurda, che quasi mi toglie il fiato.

Sì, vorrei urlare, *mio padre è pazzo, mia madre mi ha abbandonato, la mia migliore amica non mi parla, e io sono irrimediabilmente, disperatamente, follemente innamorata di un ragazzo che non posso avere. Avanti, mondo, dai il peggio di te. Io voglio essere libera.*

L'altra notte ho preparato uno striscione e l'ho appeso sopra la porta della stanza di mamma, così quando Wren si sveglia sarà la prima cosa che vede. Ha degli uccellini disegnati tutto intorno, c'è un sole e anche una farfalla. È pura invenzione, naturalmente, e forse

Wren avrebbe disegnato anche meglio di me. Ma almeno ci ho provato.

Mamma ha una padella per waffle a forma di cuore, e a volte la tirava fuori nel fine settimana e si metteva a cucinare canticchiando a suon di musica. Se cominciava così, di sicuro era una bella giornata. Ritrovo la padella dietro la caraffa di plastica, dietro i vassoi di metallo che si usavano solo per le feste, e resto a fissarla per un po'.

Sono appena le sei di mattina, ma non riuscivo più a dormire. Ho tenuto il cellulare acceso tutta la notte, nel caso che... Ammesso che mamma abbia mai pensato di chiamarci, un giorno, allora non c'è giorno migliore di oggi, e voglio farmi trovare pronta. La mia intenzione è passare con molta calma il telefono a Wren, senza urlare, senza dire niente di brutto, e soprattutto senza piangere.

Voglio che Wren abbia un bel compleanno. Ha dieci anni, adesso. Numero a due cifre.

Questa maledetta padella per waffle è la mia nemesi. Il solo guardarla mi fa sentire stanca. Tra le tante cose che il nostro Santo Protettore delle Scorte Alimentari ci ha lasciato in dispensa c'è una miscela per pancake, così la apro, ovviamente mi sporco di farina, e ne mescolo un po' a latte e uova mentre lascio che la padella si scaldi per bene sui fornelli.

Il vento batte forte sui vetri della finestra. Papà faceva sempre una cosa, di sotto in cantina, per evitare che le tubature congelassero. Poi puliva la caldaia e metteva l'isolante alle finestre. Se fa così freddo già alla fine di ottobre, sarà un inverno tosto, e io non so come fare nessuna delle cose di cui sopra.

Questa mattina, comunque, sembra tutto normale. Il caffè sta salendo, i waffle stanno diventando dorati, apparecchio e tiro fuori il regalo di Wren dal ripostiglio dove l'ho nascosto. Ficca il naso dappertutto, quindi ho dovuto infilarlo molto, molto in fondo.

«E questo cos'è?» dice sedendosi di botto a tavola con una coperta sulle spalle.

«Buon compleanno!» esclamo troppo forte e troppo pimpante, mentre mi infilo in tasca il pacchettino. «Hai dieci anni!»

«Hai fatto i waffle di mamma?»

«No, questi sono i *miei* waffle.» Allungo una mano nel pensile per prendere il barattolo di Nutella che ho comprato, poi tiro fuori dal frigo le fragole e la panna. «Mamma ha mai fatto questo?» le chiedo mentre spruzzo una montagna di panna montata sul suo piatto.

Wren, invece, è tutt'altro che pimpante: neanche l'idea della panna montata sembra entusiasmarla, quasi fosse reduce da chissà quale sbornia. Nonostante l'espressione da dura, mi sembra incredibilmente fragile. Ha borse scure sotto gli occhi.

«Cosa c'è, Wrenny?»

Risponde con un'alzata di spalle, prende un po' di panna con la forchetta, sporca la coperta, riappoggia la forchetta sul tavolo.

«Ho una cosa da darti.» Tiro fuori la scatolina dalla tasca.

Ancora nessuna espressione sul viso. È così strano, da parte sua, che mi metto in agitazione. Apre il pacchetto come se si muovesse al rallentatore, posa la carta da una parte, e fa così anche con il fiocco sberluccicante che credevo l'avrebbe fatta impazzire di gioia.

«Hai visto lo striscione che ti ho fatto?»

«Sì» risponde «grazie. È carino.» Quando apre il coperchio della scatola e vede i piccoli orecchini con diamante adagiati sul velluto nero, mi fissa sgranando gli occhi. «Sono veri?» mi chiede.

Annuisco. «Certo che sì.» Non le dico che li ho presi con un supersconto a una svendita nella gioielleria del centro commerciale. Voglio che pensi abbia speso un milione di dollari. Se avessi tutti quei soldi lo farei. Per lei.

«Ma non abbiamo soldi.»

«Compi dieci anni, Wren. È un'età importante. E comunque sono perfetti per te.»

«Ma dici sempre che ci serve da mangiare e tutto il resto.»

Ho sbagliato un'altra volta. Non dovrebbe pensare a certe cose. Dovrebbe solo giocare e divertirsi. Lancia un'occhiata al telefono che è accanto ai fornelli, quindi guarda di nuovo me, poi di nuovo il telefono. E allora capisco. Sta aspettando anche lei.

«Cosa ci fa un ciccione in mezzo alla strada? Aspetta che lo facciano secco.»

«Perché fai così?» Rimetto le fragole nel frigorifero e chiudo lo sportello un po' più forte del necessario.

«Così come?»

«Perché racconti queste barzellette?»

«Perché fanno ridere.»

«No, non fanno ridere. Non proprio.»

«Che vuoi dire? Non le capisci? Se uno è ciccione vuole diventare secco, no?»

«Le capisco, certo. È solo che non mi piacciono. E poi non...» Cerco le parole. «Non è bello.» *Non è bello nei tuoi confronti*, è quello che vorrei dirle davvero.

E allora scoppia a piangere, lacrime grandi e gonfie che scendono sui waffle mentre si tiene le mani sui capelli un po' unti, quasi cercasse di non far scappare via il cervello.

«È ancora presto, tesoro» le dico, senza più un filo di rabbia in corpo. «Potrebbe ancora chiamare. Ha ancora tutta la giornata.»

«E io ho la scuola» ribatte con il viso fra le mani. La abbraccio, ma lei si irrigidisce. Wren non ha mai pianto da quando siamo in questa situazione, neanche una volta. Quanti sorrisi si è stampata in faccia, e perché ci sforziamo tanto di far vedere che stiamo bene anche se non è vero? Mi metto in ginocchio, provo a infilarmi oltre la sua corazza. Lei mi scansa, ma senza troppa convinzione, e riesco a farmi guardare. Le faccio la linguaccia e strabuzzo gli occhi.

Al che lei ride, e io con lei. Lascia che le allontani le braccia e le posi sulle mie spalle. «Staremo bene» la rassicuro. «Andrà tutto bene.»

«Pensi che mi porteranno via?» Non me l'ha mai chiesto finora.

«Non lo permetterei mai.»

«E se non puoi farci niente? L'ho sentito, sai.»

«Sentito cosa?»

«Ho sentito che Eden e Digby sono preoccupati. La sera che tu ti sei arrabbiata con loro.»

Cos'altro ha sentito? Quante cose sa?

«Ho dieci anni» dice, e solo ora mi accorgo di quanto è cambiata, cresciuta. Strati di gioia e spensieratezza che se ne vanno, uno dopo l'altro.

«Sì, è vero.» Mi siedo per terra, così lei mi guarda dall'alto. «Hai dieci anni.» Le avvolgo meglio la coperta intorno alle gambe. «Allora, vuoi parlare di quello che sta succedendo?»

Fa cenno di no con la testa, ma poi mi guarda con un'aria speranzosa in quei suoi occhi dalle ciglia lunghe, folte e nere. «Però non voglio che dopo diventi triste» mi dice. «Lo so che dopo sei triste.» Le trema il labbro, vedo che si sforza di controllarlo. «Io ti faccio diventare triste.»

«No!» esclamo. «No, tu non mi fai mai diventare triste.» Le stringo le mani fra le mie. Ha delle unghie bellissime: perfette, rotonde, rosa e lisce. «A volte mi sembra che non sto facendo le cose per bene. Sono io, il motivo della mia tristezza. È la situazione. Ed è vero, mi piace tanto vederti felice. Però, Wren...» e cerco di raccogliere tutte le mie forze «...se non sei davvero felice, non devi fare finta. Adesso è dura, ma le cose non andranno sempre così. E ti prometto, te lo prometto, che io mi prenderò sempre cura di te. Sempre.» Mi sale qualcosa dentro, con prepotenza. «Non importa cosa succederà, ma stai sicura che nessuno ti porterà mai via da me. Staremo insieme fino a quando tu avrai bisogno di me.»

«A scuola c'è una signora che mi ha fatto delle domande. È molto simpatica, ma mi ha chiesto di mamma e papà e tutto il resto. Io non so cosa dire.» Si copre di nuovo la faccia, e devo spostarle le mani per vederla. «Non le ho detto niente» continua.

«Però vorresti, vero?»

«Non posso» risponde. «Lei vuole che parli di quello che provo, di come vanno le cose qui a casa.»

«Oh...» Non so che fare.

«Penso che se non le parlo sarà ancora peggio, ma è una tipa intelligente, e si accorge se dico le bugie.»

«Allora non dirle. Basta che non le racconti tutto quanto.»

«Mi ha anche detto che va bene essere tristi. Ma io voglio lo stesso cercare di essere felice.» Con la mano libera mi accarezza la testa come se fossi un cagnolino. «Gli orecchini sono bellissimi.» Mi porge la scatolina. «Me li metti tu, per favore?»

Le canto *Tanti auguri* mentre le infilo gli orecchini, e vedo che le stanno benissimo, sembrano dei piccoli riflessi di tutto ciò che di bello ha dentro. Quella luce non deve mai spegnersi.

Si alza e si guarda allo specchio sopra il lavello. I nostri sguardi si incrociano. «Conosco una cicciona così cicciona che il suo sedere fa provincia.»

E scoppia a ridere come se di anni, invece che dieci, ne avesse dieci miliardi.

In questo momento Shane, Rachel e Val sono tutte intorno a Wren ad ammirare il suo costume di Halloween e a farle complimenti e auguri a ogni minima occasione. Fred, vestito come un perfetto Rambo, con tanto di doppia bandoliera sul petto, fascia in testa e tutto il resto, infila una candelina in un dolce e tutti quanti cominciamo a cantare.

Nascondo il cellulare nel grembiule, anche se so che non è permesso averlo con sé in sala. Ma non si sa mai. Le ragazze portano Wren in ufficio. Quando vado a controllare, vedo che le stanno sistemando i capelli, si congratulano con lei per i bellissimi orecchini, le chiedono di eventuali fidanzati. Il ristorante è quasi pronto. Wren è completamente rapita, assorbe avida tutto ciò che esce dalla loro bocca mentre io sistemo le posate ai tavoli.

Adoro farlo. Prendere le posate pulite e arrotolarle nei tovaglioli, fare tanti rotolini precisi e metterli uno sull'altro. È la quiete prima della follia. E poi è bello vederli così, ordinati e immacolati, prima che vengano srotolati e imbrattati di chissà cosa. Ne ho preparato un vassoio quasi pieno quando Wren riemerge dall'ufficio con il look di una prostituta in pieno giorno. Ha l'aria superfelice, però. A quanto pare le ragazze le hanno rinfrescato un po' il trucco.

«Wow» esclama Fred, restando di stucco quando la vede in viso. «Cavolo, ragazze. Siete matte.» Scuote la testa e torna in cucina.

«Da che pulpito viene la predica» commenta Val alle sue spalle.

«Guarda!» dice Wren euforica. «Rachel mi ha rifatto il trucco!»

«Non è stupenda?» domanda Rachel con una mano sul fianco. «Ho messo in risalto i suoi lineamenti, gli zigomi, quelle belle labbra piene.» Prende Wren per il mento e la fissa dritto negli occhi. «Che bel viso. Che bell'arcobaleno.»

In effetti Wren è di una bellezza che mi toglie il fiato. Sembra più grande dei suoi dieci anni, e il nero che Rachel ha usato fa risplendere tutto il dolore che porta dentro quei grandi e dolci occhi castani. Sono contenta che lo lasci un po' trapelare. Anche il rosso delle labbra risplende, e si intuisce la ragazza meravigliosa che diventerà di qui a qualche anno. Spero che si vorrà molto bene. Spero capirà che è bellissima anche senza tutto quel trucco addosso. Vorrei toglierle tutto, pulirla, ma so che Rachel ci resterebbe male, e così annuisco.

«È vero. Sei uno schianto, Wrenny» le dico. Le passo un braccio sulle spalle e mi avvicino al suo orecchio. «Ma tutto questo non ti serve.»

«Però mi piace» risponde, e torna impettita nell'ufficio.

Interviene Shane, applicandosi il lucidalabbra. «Glielo avevo detto, a Rachel, di non usare tutto quel rossetto.»

Alzo le spalle. «Siamo ad Halloween.»

«Tu però fai più paura di un fantasma, con quella faccia» mi dice. «Era quella la tua intenzione? Perché altrimenti, magari un po' di fard sulle guance...»

«Cosa vuoi mangiare per cena?» chiedo a voce alta a Wren, ignorando Shane completamente.

«Bistecca» cinguetta lei dall'ufficio. Scrivo la comanda e la lascio sul bancone vicino al passavivande. Mi fa un certo effetto chiedere la cosa più costosa di tutto il menù.

«Segui una dieta iperproteica?» domanda Fred, facendo capolino per prendere l'ordine. «Magari senza glutine?»

«È per mia sorella.»

Sorride e si aggiusta gli occhiali sul naso. «Be', capisco, del resto è il suo compleanno. La nostra piccola principessa si merita il meglio.» Vorrei saltare oltre il passavivande e abbracciarlo. In tanti ristoranti il personale non si sognerebbe mai di chiedere bistecche per cena. Noi invece possiamo ordinare tutto quello che c'è sul menù. In questo Fred è adorabile.

«Pronti a ballare, gente!» Mi lancia un'occhiata e mi dice: «Sei una bomba sexy».

Escono tutte di corsa dall'ufficio allacciandosi i grembiuli sopra i costumi di Halloween. È un tripudio di piume, maschere e visi truccati. Io ho optato per un semplice miniabito nero e un po' dei glitter di Wren. Mi sento anch'io più spumeggiante del solito.

Wren sta guardando le fotografie sul muro. Noi che ci abbracciamo, ridiamo, facciamo le stupide. La gente scatta sempre un sacco di foto, qui nel locale.

«Tutto bene?» le chiedo.

Annuisce.

«Appena è pronta, ti porto la bistecca.» Annuisce di nuovo. «Mi dispiace tenerti qui per il tuo compleanno.»

«Perché?» dice. «Questo posto è fichissimo.»

Niente dolcetto o scherzetto. Niente festa con le amiche. Passerà la sera del suo compleanno seduta in un ufficio.

Mi sistemo il vestito e poi vado all'ingresso per girare il cartello su APERTO, ed è lì che per poco non mi viene un accidente. La fila ha già girato l'angolo. Stasera tocca a Val fare gli onori di casa.

«È assurdo!» commento.

«Vengono da ogni parte.» Sorride. «Non mi ricordavo che è il tuo primo Halloween qui da noi.» Val, vestita da Betty Page in versione diavolessa, prende una pila di menù. «Facciamoli entrare» dice. «Ci vediamo in sala.»

È una serata allucinante. Come se fossimo l'unico posto che dà una festa in città e tutti avessero ricevuto l'invito. Ogni tanto ho un minuto libero per controllare cosa fa Wren. Una volta la trovo impegnata a mangiare, a staccare pezzi di grasso dalla bistecca per lasciarli sul bordo del piatto, famelica e vorace come un vichingo davanti a un banchetto. Un'altra volta sta bevendo una bibita che si è procurata non so come. Al culmine della serata la scopro che balla scatenata al ritmo della musica in sala. Infine la trovo accasciata sulla sedia, la testa appoggiata al tavolo, l'aria di chi non sa più dove e come stare. Che compleanno. Devo portare un guacamole al tavolo nove e il conto al dodici. Di solito non dovrei fare interruzioni, ma non mi piace vederla così. «Sei stanca, Wrenny?»

Solleva la testa. A un certo punto della serata deve essersi riaggiustata il trucco, e ha fatto un lavoraccio. Ora assomiglia a un personaggio perfetto per il *Rocky Horror Picture Show*, magari per la parte di un travestito arcobaleno. «Stanchissima» risponde. «Possiamo andare a casa?»

«Falla salire in macchina» dice Shane. «Quando hai finito con i tuoi tavoli, puoi andare. Al resto penso io. E poi comunque adesso è più tranquillo.»

Controllo l'ingresso. È vero. Sono quasi le dieci e stiamo per chiudere. Il locale è ancora pieno, ma almeno dopo questo turno abbiamo finito. Tutti passeranno a un'altra festa, di quelle serie. Tutti tranne me.

«Accendi il riscaldamento e falla addormentare sul sedile posteriore» dice Shane. «Dalla faccia che ha sono sicura che crollerebbe anche sul sedile di un aereo. Poverina. Ti copro io per il resto della serata.»

«Dici davvero?» Gli incarichi di fine serata sono i più lunghi. C'è da passare lo straccio, un sacco di candeggina da usare.

«Sì, vai» insiste. «Levati dalle scatole. Le mance te le porto a scuola lunedì.» Poi si interrompe, sfregandosi le dita. «Be', quasi tutte, diciamo. Devo tenere qualcosina anche per me, no?»

So che non lo farebbe mai.

Porto fuori Wren e la faccio distendere sul sedile, la copro con il mio e il suo giubbino, e metto in moto la macchina. È bello starsene qui fuori al freddo, in silenzio, dopo aver corso per ore.

«Metti le sicure e stai giù» dico. «Dormi. Tra un quarto d'ora sono qui.»

Torno subito dentro, consegno conto e guacamole ai miei clienti ormai un tantino infastiditi, mi scuso con Rachel, e poi comincio a pregare che tutti finiscano di mangiare e se ne vadano al più presto. Per rassicurarmi mi dico che la nostra è una cittadina di provincia, che qui non ci sono omicidi, che Wren è al sicuro e al calduccio in macchina, che non c'è posto migliore di quello e che tanto non la vedrà nessuno, tantomeno la rapiranno o la faranno a pezzi. Prendo la carta di credito del tavolo dodici, corro più che posso, e cerco di avvistare Rachel in modo da dare tutto a lei e chiederle di riconsegnare carta e ricevuta alla famiglia che aspetta. Anche i loro bambini si stanno addormentando.

Ed è allora che vado a sbattere contro Digby come se fosse un muro, e per poco non cado dai miei stupidi tacchi alti.

Mentre mi guarda diventa di tutti i colori.

«Che ci fai qui?» gli chiedo. «Credevo fossi fuori.»

«Sì, infatti... Sono venuto solo a vedere come te la cavavi.»

«Be', non c'era bisogno. Va tutto bene.»

«Ma è il compleanno di Wren» dice, come se bastasse a spiegare il fatto che è venuto qui, come se lo riguardasse in prima persona. «Ho parcheggiato dietro di te. Ho visto che avevi il motore acceso. Ho pensato che fossi qui. Wren è in macchina.»

«Lo so» rispondo, il più bruscamente possibile. «Sto finendo i miei tavoli. Tra qualche minuto vengo via.»

«Ehi» fa Shane accorgendosi di Digby. «Dobbiamo fare due chiacchiere.»

«Sta andando via» dico.

«Non è vero.»

«La tua ragazza non ti sta aspettando?» gli chiedo acida. Stiamo quasi urlando, ma del resto la musica è molto alta.

«È andata da Parker con Katrina» risponde. «Eden è fuori con Wren.»

Mi viene da piangere. Se Eden non mi parla, allora non parla neanche con Wren. E poi, se non fosse per la situazione assurda in cui mi trovo, ora andrei anche io da Parker. Ci sono stata ad Halloween dello scorso anno. La cosa che più mi preoccupava, allora, era che Parker volesse cercare il modo di infilarsi anche sotto il mio vestito da calabrone.

«Muovetevi» dice Val. Non è diplomatica quanto Shane. «Intralciate il passaggio, qui in mezzo.» Tira fuori un paio di birre dal frigo. «Queste sono per il tavolo sei, Lucille. Ricordati di dirlo a Rach. Ora vai, di corsa.»

Attraverso la sala e consegno le birre, poi mi dirigo ai bagni dove possiamo parlare più tranquilli, visto che Digby, a quanto pare, non vuole andarsene.

«Avrei dovuto pensarci io, a Wren» dice Digby quando siamo soli, la musica ora alle nostre spalle. «Proprio stasera che è il suo compleanno e tutto il resto.»

«Non è un tuo problema.»

Non volevo dirlo con quel tono. Perché Wren non è un problema per nessuno.

Un breve silenzio, poi mi chiede: «Tua madre ha chiamato?»

Scuoto la testa perché non riesco a fare altro.

«Non ha scritto? Mandato un regalo? Niente?»

«Ora vai» gli dico. «Voglio che vai via e porti a casa Wren.»

Non sa che fare, e vederlo lì, così insicuro e vulnerabile, mi fa perdere la testa. Provo lo stesso a restare con i piedi per terra.

«Perché sei qui, Digby Jones?»

Ha uno sguardo lontano, sofferente.

Tarda a rispondere, perciò io continuo. «Devo tornare in sala. Devo finire il lavoro.»

«Stai benissimo vestita così» mi dice. «Sul serio.»

«Vattene» ribatto, con poca convinzione.

E allora mi abbraccia, la testa che si china a incontrare il mio collo. Lo abbraccio anch'io e poi gli cingo la vita con le gambe, come ho sempre voluto fare, la schiena appoggiata al muro, e lui mi bacia un'altra volta. Un bacio tenero, tenerissimo. Questa volta è diverso, non è come una nuova scoperta, è più come tornare in un luogo conosciuto e perfetto, la casa che vorrei avere.

«Merda» sussurra mentre mi bacia. Così sottovoce che più che sentirlo con le mie orecchie lo percepisco dalle labbra.

«Che cazzo succede qui?» È Fred, e ha tutta l'aria di voler sfoderare le sue pistole finte e dare il via a una sparatoria.

Digby indietreggia. Io rimetto i piedi a terra. Mi sento pulsare dappertutto.

«Freddie» dico.

«Abbiamo appena fatto sedere gli ultimi clienti» mi informa, con uno sguardo che non riesco a sopportare, come di profonda delusione. «Tu non hai ancora finito. Torna dritta in sala.»

«Okay» rispondo.

«Io penso a Wren» dice Digby, e supera Fred di corsa senza incrociare i suoi occhi.

Quando esco dal locale, venti minuti dopo, Eden e Wren sono davanti alla macchina di mia madre che stanno facendo un gioco a base di mani che battono, fianchi che ancheggiano e grandi sorrisi.

Coca-Cola andava a far spesa
quando Pepsi l'ha vista e l'ha stesa.
Poi Fanta l'ha vendicata
e noi adesso beviamo cedrata.
Cedrata ha preso una malattia contagiosa
e noi adesso beviamo gazzosa.
Però la gazzosa si è spaventata
e allora beviamo acqua gassata.
Ma a dire il vero l'acqua era poca
e quindi torniamo a bere la Coca.

Io e Eden andavamo pazze per quella canzoncina. Chi la finiva per prima poteva dare uno schiaffo all'altra. Adesso va di moda dare una botta in fronte, e Eden fa in modo che sia Wren a vincere, e accusa il colpo con nonchalance, sorridendo.

Eden mi vede lì fuori e non capisco cosa le passi per la testa. Di solito so esattamente quello che pensa, siamo praticamente telepatiche, ma in questi ultimi tempi è come se fra me e lei avesse innalzato la Grande Muraglia Cinese. È strano: quando fai qualcosa di sbagliato, o quando litighi con qualcuno, d'un tratto quella persona ti spaventa, diventa un'estranea. Anche se conosco Eden da una vita, anche se è la mia migliore amica e sempre lo sarà, adesso mi spaventa. Mi spaventa perché ho paura che non mi voglia più bene.

«Mi dispiace» le dico.

Eden fa spallucce.

Digby si appoggia alla macchina.

«Grazie» dico rivolta a entrambi. «Per aver pensato a Wren. Di nuovo.» Digby non mi sta guardando.

«Buon compleanno, piccolina» le augura Eden, stampandole un bacio sulla guancia. «La prossima volta però ti batto, eh!»

«Non riuscirai mai a vincere!» la canzona Wren.

Eden mi sfiora la spalla con una mano, poi sale sul pick-up del fratello. «Andiamo, Dig. Se non vuoi che le saltino i nervi, ti conviene non lasciare Elaine da sola tutta la sera.» Sembra quasi l'abbia detto apposta per ferirmi.

«Okay» dice lui. «Buon compleanno, Wren. Mi dispiace che non abbiamo potuto fare dolcetto o scherzetto, oggi. Mi farò perdonare l'anno prossimo, giuro.»

«Sul serio? Fico! Avrò undici anni, sai» gli risponde lei mentre sale in macchina.

Digby prende ancora tempo.

«Perché fai così?» gli chiedo. «Perché le metti in testa certe idee, certe false speranze?»

«Non è come dici tu. L'anno prossimo ce la porterò davvero.»

«Sul serio? Tornerai dal college appositamente per portare la sorella dell'amica di tua sorella a fare dolcetto o scherzetto?»

Cambia subito espressione.

«Cavolo» dice.

«Non ha certo bisogno di perdere qualcun altro, no?»

«Sì, ho capito» risponde. «Sono un coglione.»

«Esatto.» Un coglione bugiardo.

Immagino che vorrà scomparire, che deve sentirsi da schifo, e invece si avvicina e mi avvolge in un abbraccio. Io sono tutta un brivido, intrappolata tra il desiderio di lui e un dolore di cui credo non riuscirò mai a sbarazzarmi del tutto. Lo stringo forte, fortissimo, e solo una minima parte di me si preoccupa del fatto che qualcuno potrebbe passare e vedere il modo strano in cui ci stiamo comportando.

«State al caldo, stanotte» mi raccomanda. «È in arrivo una gelata.»

«Sì, okay» rispondo. «Farò il possibile.»

Poi sale sulla Bestia e, mentre si allontanano, Eden mi guarda dal finestrino. Uno sguardo duro.

Sono quasi arrivata a casa, Wren sta cantando, di nuovo completamente sveglia dopo le chiacchiere con Eden e Digby. Sento il telefono che mi ronza sulle ginocchia. Mi sono dimenticata di togliermi il grembiule. Ho il cuore in gola, sto per soffocare. Accosto, tiro fuori di corsa il cellulare da sotto una manciata di cannucce e tovagliolini. È un numero che non conosco.

«Mamma?» dico. Wren si zittisce all'istante e raddrizza la schiena. Non mi arrabbierei mai con mamma. Adesso lo so. Vorrei così tanto che fosse lei. Una pausa, poi dall'altra parte risponde una voce tremula. Non mi sento più il corpo.

«Oh» dico. «Ciao, papà.» La sua voce roca mi arriva come un brontolio lontano.

«Il colmo per un ciccione è…» sento canticchiare Wren dal sedile posteriore.

72° giorno

Vado alla residenza protetta il giorno dopo, anche se la gelata di cui parlava Digby è arrivata e ha coperto tutto con un inverno precoce, come una lastra di vetro traslucido. Sono passati i camion spargisale, quindi le strade sono okay. È anche uscito un po' di sole, e pian piano sta sciogliendo tutto.

Quando varco la soglia della Columbine House, l'atmosfera non è poi così diversa da quella della scuola elementare, solo che al posto dell'odore di succo di mela c'è un senso di stranezza. Se avessi progettato io un posto come questo, avrei messo fontanelle, divanetti morbidi e colori caldi, invece di questi squallidi quadri alle pareti. Avrei previsto cose su cui appoggiarsi, adagiarsi, abbandonarsi.

Papà vive qui, in questa struttura. Mentre io combatto la mia battaglia quotidiana là fuori, lui si alza, si lava i denti e parla con la gente, probabilmente fa terapia di gruppo e si lamenta di come gli abbiamo rovinato la vita. Chissà come ci si sente a essere privati di tutto, a essere semplicemente un uomo con una camera, un letto e un compagno di stanza. Magari è un sollievo non dover più pensare in continuazione, e invece sedersi in cerchio a parlare o ascoltare gli altri che raccontano i loro problemi. Io farei delle gran dormite. Leggerei tutti quei libri di cui mi parla sempre Eden. Ma lui cosa fa? Forse si è avvicinato alla religione o roba simile.

Ci sono così tante cose su cui non avevo mai riflettuto. Sono stata troppo impegnata a preoccuparmi per mamma, Wren, Eden, Digby. E invece, nel frattempo, papà era solo a quarantacinque minuti di strada. Non ho pensato neanche per un attimo di correre da lui. Non avrei saputo dove andare, certo, e poi l'ultima volta che l'ho visto non mi sembrava in condizione di aiutare nessuno.

«Come ti chiami, cara?» La direttrice della struttura ha un forte accento di Philadelphia, e sento le sue dita ruvide tirarmi per la mano. Forse mi sta parlando già da un po'.

«Lucille» rispondo. «Lucille Bennett.» Osservo il suo enorme seno fiorito. Com'è finita a dirigere un posto come questo? Ha fiori sul vestito, un fiore sull'anello e sulla collana abbinata, un fiore finto tra i capelli. No, seriamente. Se la guardo altri cinque minuti sarò io, quella da rinchiudere. «Sono qui per far visita a mio padre» dico.

«Non ci credo» risponde. «Tu sei la figlia di Tony Bennett?» Sembra gentile, ma è esattamente la versione tropicale della strega che vedevo nei miei incubi di bambina. Come se non bastasse, si esibisce in una risatina gracchiante. Per la centesima volta da quando ho deciso di venire qui, mi ripeto che ho fatto bene a lasciare Wrenny con Shane.

Annuisco.

«Che mi prenda un colpo» esclama.

«Eh, già.»

«Tony Bennett.» E ridacchia ancora. «E canta anche come il suo omonimo.»

«Che coincidenza, eh?» dico, con un tono che per qualche motivo la convince a prendere in mano il telefono.

«Tuo padre sa che sei qui? Non mi ha detto niente.»

«Sì, be'...» Sento un gran vuoto dentro. «L'ho avvisato che avrei provato a fare un salto. Mi ha detto quali erano gli orari di visita.» E se oggi non avesse voglia di vedermi? Se mi avesse telefonato in un raro momento di euforia? Non ci avevo pensato.

«Okay, dammi un minuto. Vado a chiamarti Carlos. È il mio braccio destro. Ti accompagnerà in una delle nostre salette per gli ospiti.» Devo aver fatto una faccia preoccupata, perché si affretta ad aggiungere: «Andrà tutto bene. Qui sono tutti molto affezionati a tuo padre. È una brava persona. Sei fortunata».

«Già» dico, anche se non ne sono così sicura.

Il pavimento è beige, le sedie anche. È come se sapessero che qui non c'è speranza, e l'arredamento lo conferma.

A ogni passo mi sento sempre più vuota, finché non mi rimane dentro nient'altro che la sensazione di diecimila palloncini in testa. Non mi sento il cuore, né lo stomaco o le labbra. Quando si dice una situazione surreale... Il tipo che mi accompagna ha un'andatura spavalda, e anche se le persone che incrociamo fanno risatine e commenti, non sono mai troppo sfacciate. Credo dipenda dal fatto che sono con lui.

«...Carlos» conclude. «Se hai bisogno di qualcosa, chiamami pure. Sono qui per questo. Ma andrà tutto bene, vedrai. Il tuo papà è un tipo forte.»

La stanza è grande quanto un ripostiglio per le scope. Stessi colori da vomito e sedie scomode. Mi guardo intorno, poi scelgo una sedia che è di spalle alla porta. Papà non si siede mai con la schiena rivolta alla porta, di sicuro non qui, ci scommetto. Vorrei rimandare il più possibile il momento in cui lo guarderò in faccia.

Perché non è mai stato un papà come tutti gli altri. Indossava giubbotti di pelle. Amava gruppi tipo

Fishbone e Bad Brains, e quando alla radio passavano musica pop si comportava come se qualcuno gli avesse fatto un torto. Se tutti bevevano vino, lui beveva birra. Diceva un sacco di parolacce. Sento la porta aprirsi alle mie spalle. Non mi muovo di un centimetro.

Mio padre si siede davanti a me, e la prima cosa che noto è che ha un bell'aspetto. Avevo dimenticato i suoi grandi occhi castani, gli zigomi sporgenti, la sua corporatura robusta, le spalle. Quanto assomiglia a Wrenny. Quanto poco a me. Mi sembra invecchiato, però. C'è del grigio nella sua barba corta e ispida. È una novità.

«Ciao, Tigerlily.» È l'unico a chiamarmi così. Perché sono metà tigre e metà giglio, dice. Posa le mani una sull'altra e tamburella un ritmo sul tavolo.

Non ho paura di lui come pensavo.

«Ciao.»

Silenzi che sembrano un'eternità.

«Allora...» dice, provando finalmente ad avvicinarsi, «come state, ragazze? Come sta la mamma?»

«Non l'hai sentita?»

«No.» Si ritrae di nuovo, le ginocchia bene aperte, a riempire lo spazio che lo circonda. È chiaro che non sa niente. «Ci ho provato» continua «ma il telefono dice che ha la segreteria piena.»

«Lei ci ha provato. Prima. Molto.»

«Ho chiamato» dice.

«Hai chiesto di non farci sapere dov'eri.»

«Mi serviva un po' di spazio.»

Ha ripreso a tamburellare sul tavolo, e quel ritmo mi rimbomba in testa. Qui è tutto elevato all'ennesima potenza. Ingigantito.

«Ho chiamato» ripete. «Quando ce l'ho fatta.»

A fare che cosa? A guardarmi in faccia? Ad affrontarci? A rendersi conto di aver preso mamma per il collo e averla trascinata via? Perché diavolo sono venuta qui?

«Così tua madre...»

«Sì?»

«Sta bene?»

«Sì, sta bene.» Cosa dovrei dirgli? E comunque gliene importa davvero? Ha detto che non la amava più. E allora io, noi?

«Ce la fate con i soldi? Ha trovato un lavoro?»

«In un ristorante.»

Annuisce.

Mia madre. Infermiera/cameriera/chissà cos'altro. Ottimo. Il suo rifiuto di affrontare la realtà gioca a mio favore.

«Quindi state tutti bene, allora?»

«Certo. Assolutamente. A casa è tutta una festa.»

Scoppia in una risata di imbarazzo totale che riempie la stanza. «Domanda stupida, vero?»

«Un po'» rispondo. «Ma è quello che vuoi sentirti dire, no?»

«E Wren?»

«Cosa vuoi sapere?»

«Be', come sta?»

«Recita nello spettacolo della scuola. Si è iscritta alle lezioni di flauto e uncinetto e il fine settimana fa pattinaggio artistico.»

«Avanti, Lucille. Seriamente. Sta bene?»

«Sta bene» gli concedo. «Cresce.»

«Però non ti ha voluto accompagnare, eh? E neanche Laura?»

«A quanto pare no.»

«Già.» Si appoggia allo schienale e scivola giù, la testa buttata all'indietro a fissare il soffitto. «Già, mi sembra logico.»

«Eccome se è logico» dico, anche se Wren morirebbe se sapesse che sono qui.

Alzo gli occhi anch'io. Ci sono macchie gialle dappertutto, sul soffitto di questa stanza sconclusionata. Dovrebbero provare a coprirle con le belle frasi di Eden. O magari inventarne di nuove. Le persone disturbate hanno un sacco di cose interessanti da dire, e sono loro che vivono nelle case protette, giusto? Le persone disturbate.

«Cavolo» dice, senza staccare lo sguardo dal soffitto, «sei un tantino dura con me. Sto facendo del mio meglio qui, sai?»

Non posso fare a meno di guardargli le mani. Sono enormi. Di quelle mani che ti prendono e ti fanno dondolare in alto, sopra la testa, ti fanno strimpellare le corde di un basso, ti fanno apprezzare la musica. Mani che ti guidano e ti tengono al sicuro. Mani che fanno male. Mani potenti.

«Perché vivi qui, allora?» gli chiedo. «Perché non sei tornato a casa o non sei andato da qualche altra parte, in un posto più interessante?»

Ora si tamburella il petto. «Non sono pronto per uscire. Non credo di essere abbastanza forte. Ho avuto un esaurimento nervoso. Mi hanno proposto questa possibilità, e mi è sembrata quella giusta. So che è difficile da capire...»

«No, per niente. Cioè, buon per te.»

Gli sfugge un fischio prolungato. «Andiamo, Tigerlily, proviamo a ricominciare.» Il suo sguardo cerca di dirmi che non devo avere paura. «Andiamo a fare due passi.»

È una proposta così assurda che accetto.

«Puoi uscire tranquillamente?»

Trattiene una risata. «Certo. Non sono più un recluso. Mi tengono solo sotto controllo. Devo rispettare delle regole. Comunque sì, possiamo uscire a fare una passeggiata.»

Mentre ci dirigiamo in cortile si fa vedere da Carlos, che ci segue a qualche passo di distanza.

«Sai qual è la cosa peggiore?» dice.

«Sentiamo.»

«Qui non mi fanno bere. Non dovrebbe pesarmi più di tanto, ma certe volte basta questo a farmi venire voglia di spaccare qualcosa. Ci sono giorni che non so cosa darei per una birra ghiacciata.»

«Complimenti, papà.»

«Senti, mi dispiace deluderti, ma qui capisci subito quali sono le tue priorità.»

Penso che magari vuole solo essere divertente, però non lo sopporto. Mi fermo, i piedi scivolano appena sul pavimento, e mi giro prima ancora di arrivare alla porta che dà sull'esterno.

«Che c'è?» Gli si irrigidiscono le spalle. «Che cos'hai?»

«È quella la tua priorità?» Per poco non gli salto addosso. «Credi che basti qualche domandina qua e là su come vanno le cose, e poi puoi tranquillamente parlare di birra?»

Gli si infiammano gli occhi, poi si spengono. È destabilizzato. Vedo che sta cercando di domare quello che ha dentro. Non mi importa.

«Cosa c'è, Tigerlily? Qualcosa non va?» Si azzarda a posarmi una mano sulla spalla. Sta tentando di riportarmi a sé, e la cosa mi fa impazzire di rabbia. «Con me puoi parlare.»

Sembra un uomo, ma quello che ho davanti è solo un bambino. Non ha il diritto di parlarmi così.

«Non mi toccare» dico. «Toglimi quella mano di dosso.»

La lascia cadere. «Ehi, tranquilla. Stavo solo cercando di portare mia figlia a fare una passeggiata. La figlia che non vedo da cinque mesi. È un bel po' di tempo. Mi sei mancata.»

Non posso sentire queste parole. Sta distorcendo tutto quanto in modo da adattarlo alla sua realtà, come se fosse solo colpa mia. Se ripenso a tutte le volte che mamma tornava in lacrime dalla clinica perché l'avevano mandata via, e perché lui non le aveva nemmeno detto dove sarebbe andato... Mi dirigo svelta verso Carlos.

«Perché sta ancora qui?» gli chiedo.

Carlos si guarda intorno. «Per la calma. È un buon posto per chiarirsi le idee.»

«Davvero?» dico. Mi giro di nuovo verso mio padre, che mi fissa dalla soglia. «Secondo me non sei poi così scosso. Secondo me sei debole, e penso che tutta questa faccenda sia una finta. Una scusa.»

«So che è stato difficile venire qui» dice Carlos. «Magari dovresti tornare quando sei emotivamente più tranquilla. Non va bene sentire gente che urla. Può scatenare reazioni.»

«Sì, sì» rispondo. «Lo so. Mi calmo.» Faccio un bel respiro. «Ha ragione. Vorrei andare, per favore.»

Carlos fa per riaccompagnarmi all'entrata, ma io mi volto verso papà.

«Fai una terapia seria» gli dico. «Curati. Affronta la

realtà delle cose, prenditi le tue responsabilità. Quello che hai fatto alla mamma, il modo in cui ci hai trattato, le cose che hai detto… era tutto sbagliato.»

Il suo viso si contorce in una smorfia, però non dice nulla.

«E sai una cosa?» aggiungo. «Già che ci sei, vedi di crescere.»

73° giorno

Il giorno dopo rimango appostata vicino al telefono tutto il pomeriggio. Faccio avanti e indietro. Tiro fuori pentole e padelle dai pensili per poi rimetterle dentro in un ordine diverso. Comincio a scrivere un SMS a Digby, perché sono sicura che lui saprebbe aiutarmi a dare un senso a quanto è accaduto. Ma poi penso: *E se fosse con Elaine, se si stessero sbaciucchiando o che so io?*

Ma ho bisogno.

Ho bisogno di qualcosa. Scorro nella rubrica i nomi delle persone che potrei chiamare. Mi fermo sempre su Eden. Eden. Eden.

Mi ha toccato la spalla. Forse la posso chiamare. Forse non è più off-limits.

Wren ha la testa completamente per aria da quando ha parlato con papà. Ho sentito solo metà della loro conversazione, ma quanto basta per capire che con lei non si è comportato meglio che con me.

Penso a cosa ha detto. A cosa non ha detto. A cosa *noi* non abbiamo detto.

Di solito sono felice che arrivi la domenica, perché non lavoro e devo solo concentrarmi sulla casa e sui compiti, ma oggi è una giornata pesante, triste. Provo con le tempere, però non ne esce fuori nulla.

Alla fine, tremando, scrivo qualche parola al cellulare e premo INVIO.

È fatta, mi dico. Anche se non ricevi una risposta, hai premuto INVIO, e adesso non resta che aspettare.

Mamma non ha chiamato. Non è apparsa miracolosamente sulla soglia di casa. Si è persa il decimo compleanno di sua figlia. Wren non vuole parlarne, per quanto io faccia di tutto per mostrarmi aperta e disponibile, come mi ha consigliato la signora LaRouche. Ma penso che insistere l'avrebbe solo rattristata di più, quindi ho lasciato perdere e abbiamo guardato la TV tutto il giorno. Ora so come preparare una serie di ricette ideali per un pranzo in famiglia.

Ci siamo addormentate con *Iron Chef* in sottofondo.

E adesso Eden mi ha svegliata. Ha risposto al mio SMS. Scendo dal letto senza farmi sentire, pesco dall'armadio di mamma un paio di jeans e una maglia a maniche lunghe.

Forse, dico forse, mi ha perdonata. Forse non mi urlerà contro per quello che è successo con Digby, per tutto. Non importa. Comunque vada non sono sola.

Volo da Eden.

Volo.

Prego in silenzio che Wren non si svegli e non si spaventi, poi mi precipito a tutta velocità verso il fiume. Il giubbino mi fa sudare mentre corro al freddo, oltre alberi spogli e portoni che conosco a memoria.

La Bestia è parcheggiata sul marciapiede, vicino all'ingresso del camminamento. È venuto anche Digby? Mi sento pulsare tutto il corpo.

Appena lasciato il sentiero comincio a scivolare un po'. Il ghiaccio scuro si nasconde sotto il terreno, e nonostante la luna piena non riesco a vederlo in tempo. Per fortuna mi sono messa gli scarponi da neve.

Il vagone è vicinissimo, ormai, e prima ancora di vedere lei sento odore di sigaretta.

«Sei venuta in macchina?» le chiedo. «Ho visto la Bestia.»

«Sì» risponde, con un guizzo delle dita. «Lui non c'è.»

«Lo so» dico in un tono fin troppo eloquente.

Punta la sigaretta verso la luna. «Guardala.»

Sollevo lo sguardo. Non avevo mai visto una luna così luminosa. Gli alberi sembrano delle mani che cercano di afferrarla, di carpirla dal cielo con le loro dita lunghe e nodose, ma la sfiorano soltanto e lei resta lassù, fuori dalla loro portata.

«È perfetta.»

«Già.»

«Secondo te cos'è successo al treno? Come ci è finito vicino al fiume, quel vagone?»

«Probabilmente per pigrizia» risponde.

Cammino sul ghiaccio con passi piccoli e cauti per avvicinarmi a lei, poi mi siedo alla svelta.

«Tipo che è uscito dai binari e qualcuno ha detto chissenefrega, lasciamolo lì?»

«Qualcosa del genere.»

«Spero che lì dentro siano successe cose meravigliose e abbiano deciso di non muoverlo da dov'è per poterci tornare ogni volta che vogliono. Magari c'è di mezzo l'amore.»

«Oddio, Lucille.»

Mi raggomitolo su me stessa.

Restiamo così, l'una accanto all'altra, per qualche minuto, e la luminosità della luna riesce a riportarmi un po' di calma. Il fremito che ho dentro si placa e mi ritrovo lì, vicino a Eden, che mi conosce e che forse, miracolosamente, ha deciso di parlarmi di nuovo.

«Conosci quella poesia di Dylan Thomas?» I capelli bagnati le gocciolano da sotto il cappello nero.

Alzo le spalle.

«Sono sicura che te la ricordi» insiste. «L'abbiamo fatta l'anno scorso a letteratura inglese.» Abbiamo sempre seguito quel corso insieme.

«Solo gli ultimi due versi» rispondo. Alla luce della luna i suoi occhi sono di un verde acceso, strano. «"Non andartene docile in quella notte buona. Infuriati, infuriati contro il morire della luce."»

Fa una smorfia, poi spegne la sigaretta. «Roba da non credere. Hai citato una poesia!»

«Già, mi stupisco anch'io.»

«Ti sei stufata delle mie citazioni?»

«Mi mancano da morire» ammetto.

La verità è che ho dimenticato le sue perle di saggezza scritte da altri, la naturalezza con cui mostra grazia e passione allo stesso tempo. La pace, la quiete che provo quando sono con lei. Ho dimenticato quanto ne ho bisogno. Lei sa che per me, in questo momento, la vita è come un cuscino che rischia di soffocarmi. Chiunque stia tenendo quel cuscino, mi concede di respirare quel tanto che basta per non morire. Ma quando sono con Eden, lei riesce a scansarlo, e io vedo tutto più chiaramente.

Forse ce l'abbiamo tutti, un cuscino del genere.

Le cose non sono mai semplici.

Tira fuori una bottiglietta e me la porge, per poi sfregarsi insieme le mani coperte dai guanti.

«Tequila.»

«Eh?»

«Mamma ha preparato una torta al lime e tequila. Ne è avanzata un po', e mi sembrava uno spreco lasciarla lì. E poi fa un freddo cane, qua fuori.»

Mi brucia lo stomaco, e odio il sapore che mi lascia in bocca, ma la bevo lo stesso. Mi scaldo, mi sento avvolgere dal calore. Tutto rallenta e mi appoggio all'indietro sulla roccia, rilassata.

«Allora, come ti va la vita?» le domando.

Sgrana gli occhi, si mette una mano sul cuore e mi guarda con aria sorpresa.

«Oh, per favore» le dico.

«Era da un po' che non me lo chiedevi.»

«Ho avuto un sacco di cose per la testa.»

«Già.» Prende un altro sorso dalla bottiglietta. «Lo so. Un sacco di cose.»

«No, non quello che pensi tu» balbetto.

«Lo so» risponde. «Un sacco di tutto.»

Infila la mano nella tasca interna e tira fuori il suo pacchetto di American Spirit. Giallo. Ci mette un po' ad accendersi la sigaretta, le tremano le mani. Ne sta fumando una dietro l'altra.

«Sono andata in città, l'altro giorno, a fare una lezione con quelli del Bolshoi» dice.

«Oddio!» Me la immagino volare sul palco, impeccabile. «È incredibile, davvero!»

«Ho fatto schifo» dice, e poi le esce qualcosa che assomiglia a una risata. Mi ricorda la finta risata di Digby.

«Non può essere.»

«E invece sì, Lu. Pare che io sia spettacolare solo qui.»

«Ma lo sei!»

«Sì, ma solo qui.»

«Va bene, e allora?»

«E allora là non sono niente di che. Appena nella media.»

«Ma non ha senso. Tutte le cose che sai fare, la tua elasticità...»

«Non è abbastanza. Per niente. E secondo la loro insegnante, se non ho raggiunto quel livello adesso, forse me lo posso scordare. Per quanto riguarda il balletto, sono già una donna di mezza età.»

La guardo più da vicino. Ha delle borse livide sotto gli occhi, ed è più scheletrica del solito.

«Mi dispiace, E.» Le metto un braccio sulle spalle mentre lei aspira di continuo. È strano dover essere io, quella che consola. «È colpa mia. Ti ho distratto.»

«Smettila di pensare che gira tutto intorno a te, Lucille. Qui si tratta di capacità.»

Resto un attimo in silenzio. «Sono sicura che dev'esserci una citazione anche per questo.»

«Se con la danza fai brutta figura, vai e nasconditi nella selva oscura?»

«Ma no!» La stringo più forte. «Qualcosa di meglio. Sono sicura che c'è.»

Inizia a girarmi la testa.

«Tocca a te, adesso» dice. «Raccontami come ti va la vita. Comincia con tua madre. Novità?»

«Da lei nessuna novità.» Sposto il braccio. «Però ho visto mio padre.»

«Non ci credo!»

«Ieri.»

«E allora?»

«È stronzo anche lui. Vive in una residenza protetta, evita la realtà, sogna la birra. A quanto pare ho preso una doppia fregatura, alla voce genitori.»

«Lui era fortissimo.»

Prendo la tequila e la finisco in un solo sorso.

«Scusa...» continua. «Volevo dire che, quando eravamo piccole, lui non era severo come gli altri papà.»

«Forse hai ragione. Era forte, ma non come papà.»

«A dire il vero, a me è sempre sembrato un sacco sexy.»

«Oddio...»

«Cioè, da quando ha fatto quello che ha fatto lo vedo con occhi diversi, certo. Però, da piccole, ero invidiosa. Tuo padre suonava la chitarra...»

«Il basso» la correggo.

«Okay, il basso. E andava sullo skateboard. Conosci altri padri che sanno fare numeri sullo skate?»

«È il suo sangue californiano. O forse è semplicemente immaturo.»

«A ogni modo, era sexy.»

Bleah. Meglio darci un taglio.

«Il tuo mi sembra in gamba» le dico. «Fa le tipiche cose da padre. Qualche tiro a canestro e roba simile.»

«Lavora continuamente. È sempre stato così. Fa capolino ogni tanto giusto per dimostrare che è ancora vivo. E lascia a mia madre tutti i lavori di casa. Lei fa finta che non le importi, ma io so che non è così. So che ci soffre. E credo sia per questo che è così legata a noi.»

«Almeno non è uno che crolla al primo sintomo di stress.»

«Già» risponde. «Ma hai mai pensato a cosa significhi veramente tirare su una famiglia?»

«Intendi la pressione, le responsabilità?»

«Hai mai pensato che gli esseri umani in realtà non sono fatti per questo genere di cose?»

«Forse.»

«"Esiste uomo tanto codardo da non preferire cadere almeno una volta piuttosto che vacillare in eterno?" La maggior parte delle persone passa la vita a vacillare. Non si concedono mai di cadere, neanche di provarci. Vanno avanti a fare quello che pensano di dover fare. Non cercano mai di scoprire qual è la loro vera natura, perché significherebbe tirare fuori un coraggio che molti non hanno.»

«Tu pensi di essere così?»

«Così come?»

«Codarda.»

«A volte sì, credo. Anche se cerco di non esserlo. E tu?»

Penso a Digby. A quello che stiamo facendo e a

come lo stiamo facendo. A Elaine. I nostri baci mi turbinano dentro, e onestamente non so se quello che è successo tra noi faccia di me una persona coraggiosa o codarda. Quale si è, delle due, quando si segue il cuore?

Quello che vorrei dire, se potessi, è: *La luce, lui è come la luce. Mi ha toccato il braccio con la mano e io ne sento ancora il calore, Eden. Abbiamo mangiato un cheesesteak insieme. Si ricordava il mio cibo preferito. Mi ha fatto ascoltare della musica. Ha le labbra più perfette del mondo, come di seta. Mi bacia come se mi conoscesse da sempre. Quando mi dà una mano, è il migliore aiuto che potrei ricevere. Quando se ne va, mi sento sola al mondo.*

«Sono nella merda fino al collo.»

«Wow, come avevo previsto Fred ha fatto miracoli col tuo vocabolario!»

«Dico sul serio. Non prendermi in giro.» Scavo via dal terreno una scheggia di ghiaccio e la lancio nel fiume. «Non ti sembra assurdo che tra tutti i casini che ho in questo momento, sia proprio tuo fratello a crearmi più problemi?»

Mi fissa per un bel po'. «Non la lascerà facilmente, lo sai.»

Annuisco.

«Hanno dei progetti, si sono immaginati una vita insieme. L'anno prossimo frequenteranno la stessa università, se vengono presi tutti e due. Forse ultimamente si sono un po'... allontanati... ma questo cambiamento è pesante, per lui.»

«I cambiamenti sono pesanti per tutti, Eden. E se fosse questa, la sua vera occasione? Se fossi io? Pensi che se la farebbe sfuggire per paura, solo perché non vuole ferire nessuno?»

«Chi lascia la strada vecchia per la nuova... conosci il proverbio, Lu. Digby ha bisogno di sapere a cosa va incontro.»

«Perché è un codardo?»

«Perché è buono. Una persona come lui ha bisogno di stabilità.»

E io sono tutt'altro che stabile.

Sbuffo per non piangere.

«Dico davvero» continua. «Il mondo è troppo complicato per lui. Il modo in cui sono fatte le persone. Si tormenta per quello che le sta facendo. Non sa come affrontare la cosa. È come se girasse in tondo su se stesso, senza venirne fuori. E la ama, sai? Molto.»

«Ne parla con te?»

«Perché pensi che mi sia tenuta alla larga da te?»

«Perché eri arrabbiata?»

«Oh, Lulu. No, non del tutto. La sera che ti è andato il sangue alla testa e hai dato i numeri, ho visto come ti guardava, come era pronto a mettere tutto in discussione per te. Io ti voglio un bene dell'anima, eppure non arriverei a tanto. Non voglio ritrovarmi in mezzo tra voi due. È un bel casino, e lui è il mio gemello. L'unica persona che viene prima di te. Quando ho capito che era pazzo di te, ho dovuto scegliere.» Scalcia la roccia con gli scarponi. «È talmente confuso... Non l'avevo mai visto così, prima. Non fargli male, Lu» mi dice. «Questa cosa che c'è tra voi lo sta tormentando. La sua bontà rischia di farlo cadere.»

Annuisco di nuovo e non mi sento più la terra sotto i piedi. Penso a papà, a come è crollato. Forse siamo tutti fragili, dopotutto. Semplicemente crolliamo per motivi diversi.

«Tu lo ami?» mi chiede. «Sul serio?»

Non c'è motivo di negarlo. «Con tutta me stessa.»

«Allora la cosa migliore che puoi fare per lui è lasciarlo andare. Sei troppo incasinata per chiedergli di salvarti.»

«Te l'ha detto lui?»

«No, lo dico io.»

«E loro continueranno a stare insieme come se niente fosse?»

Alza le spalle. «Troverai qualcun altro. Ho letto da qualche parte che per ognuno di noi ci sono diecimila persone compatibili, sulla Terra. Lui non è l'unico.»

Ogni cellula del mio corpo vorrebbe protestare. Io non voglio un'altra persona. Io voglio Digby. E lei lo sa, sa benissimo che non esiste un altro come lui.

«Hai già abbastanza cose a cui pensare, anche senza di lui» insiste. «Dovresti arrabbiarti, infuriarti.»

Io non ho niente, senza di lui. Niente. Nient'altro che rabbia. Però sono anche stanca di essere un respiratore umano, che ha solo Digby come ossigeno. Non va bene. Non è giusto per nessuno.

Tira fuori il cellulare dal giubbino e guarda l'ora. «Cavolo.»

«Eden» le dico.

«Sì?»

«Mi dispiace molto per la faccenda della danza. Dovresti continuare.»

«Continuerò, certo. Ma so che adesso non mi farebbe bene.» Mi guarda di traverso. «E non provare a convincermi del contrario. Negare l'evidenza è da stupidi. Bisogna affrontare le sconfitte e andare avanti. Altrimenti si diventa vecchi e depressi e ci si trasforma in sfigati che pensano solo a bere birra.»

Rido.

«È vero» prosegue. «Basta guardarsi intorno.» Spegne la sigaretta e la lascia sulla roccia.

La raccolgo, e in quel momento lei si allunga con le mani sopra la testa, come se stesse per fare una piroetta, ma il tallone le scivola su una piccola chiazza di ghiaccio. Il suo piede è nel posto sbagliato, perde l'equilibrio e traballa.

Vacilla.

Non riesce a riprendere il controllo. Cade. Gli scarponi cercano un appiglio ma non lo trovano, le gambe volano in aria, e con un tonfo sordo Eden sbatte la testa sulla parte più affilata della roccia dove eravamo sedute.

Mi alzo di scatto per prenderla. Lei è già a terra. *Aggrappati a me*, tento di dirle con il gesto della mia mano. Ma lei non risponde. È inerte. Scivola su una lastra di ghiaccio. Ho freddo e caldo. Mi allungo verso di lei, ma lei è ormai lontana.

Tutto è silenzio, tranne che per il rumore del fiume che scorre, formando vortici più potenti del gelo.

Eden cade in acqua prima che io me ne renda conto. Ha gli occhi chiusi, i capelli che le galleggiano tutto intorno.

Ofelia.

Comincio a correre. Non scivolo sul ghiaccio. Neanche una volta, neanche un po'. Mi tuffo nel fiume, ed è come se il mio corpo ricevesse mille pugnalate, miliardi di aghi che mi perforano la pelle. Devo uscire di qui. Eppure devo anche andare avanti, raggiungerla. Mi tolgo gli scarponi sott'acqua. Lei è già lontana, galleggia senza fare rumore. Io grido, grido, ma non succede niente.

Le mie urla vengono risucchiate dal buio della notte.

Voglio spada e scudo, voglio salvare Eden perché in questo momento rappresenta l'amore, ma non ho né l'una né l'altro. E poi come mi aiuterebbero a lottare contro l'acqua? Riuscivo a vedere tutto, prima, e adesso invece non vedo più Eden. Sta superando la curva del fiume, ma io la prenderò. La corrente mi attraversa, mi spinge da lei. Potrei annegare, a Wren non è rimasto nessuno al mondo a parte me, e io non vedo più Eden. Poi riesco a fermarla. Ecco. La afferro per il collo del giubbino di pelle. Grido, mi aggrappo a lei, ma nessuno mi sente, mi fa male la gola. La trascino, la trascino, mentre il fiume lotta contro di me, ma io riesco a tirare ancora, e ancora, fino alle rocce. Scivolo. Ghiaccio. Roccia. L'ho presa. Trovo un appiglio, e tiro così forte da non sentire più il corpo, e Wren è a casa da sola. Uno strattone. La tiro fuori. Non respira.

Il mio telefono.

Dov'è?

Non posso chiamare la polizia, l'ambulanza.

Sto sbagliando.

Sto sbagliando tutto.

Tremo, tremo e le apro il giubbino, prendo le chiavi della macchina di Digby dalla tasca interna, cerco di portarla via con me ma non ci riesco. Risalgo la riva e corro, scivolo sul ghiaccio ora, senza scarpe, finché arrivo al sentiero che porta sulla strada principale, il mio corpo stretto nella morsa del gelo. È tutto così familiare. Conosco ogni passo, ogni auto parcheggiata sulla strada. Corro fino alla Bestia, ma mi tremano troppo le mani, non ce la farò mai ad arrivare alla centrale di polizia. È troppo lontana. Da chi vado?

Eden è sola. Wren è sola. Io sono sola.

Digby.

Questa casa. È la casa della signora che d'estate fa giardinaggio tutto il giorno con un cappello rosa in testa. Busso alla porta con tutta la forza che ho. Sbatto il pugno sotto la targa che dice IN CASO DI INCENDIO SALVATE IL GATTO. C'è disegnato un gatto che legge un libro, e tremo ancora di più. La porta ci mette un'eternità ad aprirsi.

Ecco la signora, ha un accappatoio dello stesso rosa del cappello, e mentre apre la porta dice: *Oh, mio Dio*, e io tremo e la tocco con le mie mani bagnate, le cado addosso con il mio peso, balbetto chiami l'ambulanza, l'ambulanza. Per favore. La mia amica, la mia migliore amica sta morendo. La mia migliore amica ha sbattuto la testa su una roccia e sta morendo.

Urlo con ogni briciolo di forza che mi rimane contro la sua faccia rosa, la spalla del suo accappatoio rosa, così mi sentirà di sicuro, così finalmente qualcuno mi sentirà. Chiami, per favore.

1° giorno

Coca-Cola andava a far spesa
quando Pepsi l'ha vista e l'ha stesa.

Do un pizzicotto a Wren.

Il respiratore che pompa aria nei polmoni di Eden fa uno strano verso, come un soffio stridulo. Lei ha la testa fasciata da una garza bianca. Le hanno forato il cranio per diminuire la pressione dell'ematoma interno, ma non si è svegliata. È in coma. Stando alla TAC, non dovrebbero esserci danni cerebrali permanenti, quindi possiamo solo aspettare.

Dopo aver accompagnato Digby a riprendere il pick-up, Janie mi ha portato dei vestiti e delle scarpe di ricambio, perciò ora sono Eden dalla testa ai piedi.

Digby mi passa un braccio intorno alle spalle, mettendo da parte i problemi che ci sono tra noi. Siamo tutti qui, vicino al letto: io, Digby e Wren. Janie e John sono da qualche parte a discutere di cose importanti. Difficile fermare i pensieri. Tutto scivola via. Ho un gran dolore nel petto. Stanno cominciando ad arrivare i fiori, che aggiungono colore e portano via spazio.

«Perché non andate a casa a mangiare un boccone?» suggerisce Janie quando torna.

John le cinge la vita. Credo di non averli mai visti così, abbracciati.

«Si sveglierà, Janie, non ti preoccupare» dice Wren guardando Eden, così minuscola sotto la coperta rosa. Odierebbe quella coperta. La odio anch'io. Penso che il rosa non mi piacerà mai più. «È forte.»

«Sì, tesoro, è forte» ripete Janie. «Però...»

«No» la interrompe Wren. «Non è come gli altri. Lei è superforte.»

Janie si mette a piangere.

Dopo aver chiesto a una certa Delaney di coprire il mio turno da Fred, andiamo a casa di Eden per cena. Janie mi fa salire sulla Bestia insieme a Digby, che ingrana la prima, poi la seconda, poi la terza. Imbocchiamo rumorosamente il vialetto, John subito dietro di noi con il suo pick-up nero e lucido. Com'è possibile che sia già passato un giorno, se sembra che non sia mai neanche iniziato? Come faccio a essere ancora sveglia? Sono così stanca che quasi non mi sento i piedi, vorrei stendermi nel letto di Eden e affondare il viso tra le sue coperte. Vorrei nascondermi da qualche parte con Digby e baciarlo, per rendermi conto che esisto ancora. Ma è il momento sbagliato per certi desideri, e così mi siedo semplicemente a tavola.

La casa di Eden è piena di arrosti e sformati, e sono passate soltanto poche ore dall'incidente. RISCALDARE A 180° PER 45 MINUTI, dice il biglietto stropicciato sul tavolo. La grafia rotonda ed elegante rivela la cura con cui l'autrice ha scritto anche solo quelle poche parole. Come a voler dire che magari un bel piatto di lasagne può alleviare il dolore.

Continuo ad aspettare che qualcuno mi urli contro, ma non succede. Dovrebbero farlo, però. Non mangia nessuno tranne Wren, che è davanti alla TV e guarda *Adventure Time*. Le lasagne grondanti sugo e formaggio si coagulano intorno al ripieno di funghi e carne macinata sul piatto al centro del tavolo e su quelli che ognuno di noi ha davanti a sé, mentre ce ne restiamo seduti, immobili. Io, Digby e John. Ci sono troppe sedie vuote. Il tavolo è troppo grande. Il cane gira su se stesso, come se non sapesse dove stare. Nessuno parla. Se qualcuno stesse mangiando lo si sentirebbe masticare. L'unico suono è quello dei cartoni che sta guardando Wren, ma è comunque assorbito dai mobili, proprio come le mie grida sono state risucchiate dall'acqua.

E allora la persona che tiene il cuscino comincia a

spingere forte, a fondo, con le sue grandi mani malvagie. Dal mio corpo sta per uscire qualcosa di enorme. Non può succedere adesso, non davanti a queste persone in attesa. Mi alzo di scatto facendo stridere la sedia.

Attraverso il corridoio e arrivo in bagno giusto in tempo, appena prima che mi salga in gola, sibilando come se i polmoni volessero venirmi fuori dalla bocca. È così forte, così esagerato, che decido di accendere il ventilatore, aprire il rubinetto, azionare lo sciacquone del water, e nel frattempo resto aggrappata al lavandino, aspettando che smetta, però non succede. Continua a salire, ma senza lacrime, mentre ogni cosa si fa più distante e difficile. E allora vomito tutto il vuoto che ho nello stomaco. Sento il sapore della tequila e del fumo della sigaretta di Eden, come se il tempo si fosse riavvolto su se stesso, e poi c'è solo bile, rivoli di vuoto. Mi asciugo la bocca e mi rimetto in piedi.

Abbraccio l'intera stanza con lo sguardo: i morbidissimi asciugamani color lavanda, la carta da parati a strisce in colori abbinati, il lavello speciale che sembra una ciotola di cristallo sospesa in aria, il portasapone di ceramica bianca, il vasetto con dentro due spazzolini da denti. Un rasoio, probabilmente di Digby, e una schiuma da barba che ha la freschezza dell'inverno e garantisce una pelle liscia e levigata! Il portagioielli di legno a forma di cuore dove Eden tiene le sue cose più preziose. La scatola con dentro la fascia per capelli che usa per lavarsi il viso, il sapone. Qui dentro tutto è morbido, caldo, pulito.

E vicino al lavello, sulla mensola di cristallo, ci sono gli orecchini di Eden, uno accanto all'altro. Sono i piccoli pendenti in argento che ha preso mentre era in vacanza nel New Mexico, l'anno scorso. Li porta sempre. Erano nelle sue orecchie, attraversavano la sua pelle. Forse se li era tolti prima di mandarmi l'SMS, in modo da poter andare subito a letto al ritorno.

Sfioro con le dita il metallo lavorato. È caldo.

Preferirei non vedere tutto così chiaramente.

Mi asciugo gli occhi e mi soffio il naso, provo a regolarizzare il respiro. Ho addosso i pantaloni della tuta e una felpa, ma sento ancora freddo, come se il fiume mi avesse seguito fin qui e mi si infilasse sotto la pelle, come se non volesse più lasciarmi andare. Tornerò mai ad avere caldo?

Eden deve svegliarsi.

Non voglio spaventare Wren quando esco dal bagno, anche se ormai ci ha visti tutti perdere il controllo, così mi sciacquo la faccia e poi mi asciugo con uno dei morbidi asciugamani, faccio qualche altro respiro lungo e profondo, tiro indietro le spalle, e sono pronta.

Apro la porta più piano che posso e trovo Digby appoggiato alla parete, sul lato opposto del corridoio. Ha il viso un po' scarno, pallidissimo, e con il mio sguardo nitido vedo che i suoi occhi sono di quel colore che trovi nelle pubblicità di certe isole tropicali, e ha lentiggini perfette, come se qualcuno le avesse disposte con cura, una per una. Come se qualcuno avesse preso un pennello dicendo: *Quella è perfetta lì dov'è, quella invece va qui*. E l'angolazione con cui sta appoggiato al muro, la sua sagoma... Ha il busto ampio, è snello ma non troppo. E poi i vestiti, il modo in cui gli cadono addosso, comodi e spaziosi, come se lì sotto ci fosse posto per accogliere qualcun altro, e come se indossarli o anche solo starci vicino potesse farti bene. In questo momento i suoi occhi sono grandi, aperti, non mi fanno domande, non mi parlano. Semplicemente mi guardano, e sembra vedano tutto.

«Scusa» gli dico.

«Scusa di cosa?» risponde lui, la voce cupa e ruvida. «Le hai salvato la vita.»

«Sono io il motivo per cui era lì. Avrei dovuto pensarci prima, considerato il ghiaccio e tutto il resto.»

Mi scalcia appena la gamba. «Smettila. Non sei tu a essere scivolata. Le cose succedono e basta, anche quelle brutte.»

«Sì» dico io «eccome. Ma mi dispiace di non essere riuscita a fermarla.»

Cominciano a tremargli le spalle. Senza staccarsi dal muro, apre le braccia, e mi accorgo che porta la felpa nera col cappuccio, come quella che indossa sempre Eden e come quella che ho io adesso. Mi schiaccio contro di lui, affondo il viso sul suo petto, mi lascio abbracciare. E allora lui diventa un cuscino, ma di quelli su cui puoi lasciarti andare, abbandonarti. Uno di quei cuscini che ti raccolgono e ti sorreggono, non ti soffocano, anche se so che in questo momento sta cadendo anche lui. Lo spingo contro il muro come se glielo volessi fare attraversare, e le sue braccia stringono di più, e io voglio che continui.

Credevo sarei stata capace di controllarmi, ma qualcosa in lui, il modo in cui mi racchiude – il nero della sua felpa che mi circonda, la pressione delle sue braccia dietro la schiena –, fa rompere gli argini.

Il suo cuore pulsa contro la mia maglietta come se gli mancasse il fiato, come se fosse tornato allo stato brado e volesse scappare. Vorrei entrare nel suo petto e tenergli il cuore fra le mani. Vorrei restare così per sempre.

Gli sfioro la guancia, faccio scorrere le dita lungo il suo braccio. Ha il viso bagnato, allora prendo la manica della felpa e la tiro giù fino a coprirmi la mano, poi mi allungo ad asciugargli le guance, come farei con Wren. Lui mi afferra il polso, mi impedisce di toccarlo di nuovo.

«Era lì con me, mi parlava, e poi più niente» dico mentre scivolo giù lungo il muro. Lui fa lo stesso. «È stato tutto così veloce... Credevo di poter fare come Giovanna d'Arco» continuo.

«Ma tu sei Giovanna d'Arco. L'hai tirata fuori dal fiume.»

«Forse non sono stata abbastanza veloce.»

«È stato il colpo alla nuca. Sarebbe morta se tu non ti fossi tuffata per recuperarla.»

Gli do una spinta, lui ricambia. Sappiamo tutti e due che in questo momento Eden sarebbe tranquilla e beata in soggiorno, se io non le avessi mandato un SMS, ma la bontà di Digby è comunque un sollievo.

Suona il campanello dell'ingresso e John va ad aprire.

Una voce graziosa e limpida dice: «Mi dispiace di non essere venuta prima. Non ero raggiungibile e l'ho saputo solo ora».

Digby si alza.

Elaine.

Tanti anni fa

Quando ci trasferimmo, sapevo che c'erano dei bambini nella casa accanto. Li sentivo salire e scendere rumorosamente le scale, litigare con i genitori, ridere in continuazione. Sentivo i profumi della cucina, a volte bacon, a volte una torta. Se mi mettevo in un punto ben preciso, sentivo persino l'acqua che scorreva nella vasca da bagno o nella doccia, li sentivo lavarsi i denti. Perlustravo la casa, in quei primi giorni, per conoscere Digby e Eden, anche se non sapevo ancora che erano loro. Mi ci volle un po', prima di trovare il coraggio di avventurarmi fuori. L'aria sembrava pesante e sconosciuta in confronto alla rilassata atmosfera californiana a cui ero abituata. Là ero leggera come l'elio.

Sono i capelli la prima cosa che ricordo di aver visto, quando alla fine uscii di casa. Quel colore, come se gli fosse caduto in testa un pezzetto di tramonto. E i ragazzi che si urtavano giocando con la palla, sul lato opposto della strada. Mi si mosse dentro qualcosa.

Digby era delicato mentre giocava con gli stessi amici di oggi. Non spingeva né insultava come facevano gli altri. Semplicemente correva, li scartava, si muoveva di qua e di là con sicurezza, come fosse una specie di albero alto e aggraziato.

Fu allora che dalla veranda adiacente arrivò una voce. «Vivete qui, adesso?» disse.

Annuii alla bambina che aveva parlato.

«Prima c'era una signora» continuò. «Ora è morta.»

«Era mia zia.»

Lei soppesò per un attimo quella informazione, poi la considerò irrilevante.

«Ci sono solo maschi in questo isolato.» La bambina agile e flessuosa accennò con la testa all'altro lato della via. «Quello è mio fratello, Digby.» Mi mostrò i denti, qualcuno da latte e qualcuno già cresciuto. Un bellissimo sorriso. «E io mi chiamo Eden.»

2° giorno

Scuola.

Non sono i fiori a colpirmi, e neanche le candele. È più che altro la quantità. Si potrebbe pensare che Eden sia morta. La gente non finisce mai di stupirmi: il modo in cui entra a piè pari in ogni catastrofe, anche solo al minimo accenno di tragedia, come se gli appartenesse, il modo in cui non riesce a farsi gli affari propri, quando ha l'occasione di essere coinvolta in qualcosa. Facebook e compagnia bella non fanno che peggiorare la situazione. Il mio era un cellulare scarso e senza connessione Internet, ma ora sono quasi contenta di non averlo più, anche se significa che se mamma provasse a...

Ma chi voglio prendere in giro? Non lo farà mai.

Biglietti, fotografie e scritte tappezzano l'armadietto di Eden e la parete accanto. Chi è stato? A che ora sono arrivati? Voglio leggere tutto quello che c'è scritto, però mi trattengo perché sento gli sguardi di tutti puntati addosso, e questo mi fa capire quanto invece io passi sempre inosservata, senza che nessuno si accorga che esisto. Mi piace che gli altri non mi vedano, o almeno cerchino di non vedermi. È esattamente il contrario di quando papà ha dato di matto in strada. È grazie a lui se godo della mia repellenza. Nessuno vuole avere niente a che fare con la figlia del pazzo.

Ma adesso che c'è di mezzo un coma, tutto può succedere. È come lanciare pezzi di carne a degli squali affamati. Quasi mi aspetto che da un momento all'altro il pubblico che si è radunato intoni le note di *Kumbaya* o di qualche altro spiritual, e allora penso che potrei impazzire. Anzi, forse sono già un po' pazza.

Un po' tocca, diceva mamma.

Chissà... a volte è difficile dirlo.

A volte bisogna semplicemente andarsene, ed è quello che sto facendo.

Mentre percorro il corridoio, mi divincolo tra la folla sempre più numerosa come un pesciolino impazzito che guizza contro corrente, cercando di non indugiare in pensieri troppo rancorosi riguardo ai finti amici. Elaine mi sta venendo incontro, e quando i nostri sguardi si incrociano, mi blocco. O mi giro e affronto quella follia, o affronto lei e le parlo. Non ho vie di uscita.

«Da non crederci, vero?» dice Elaine.

«Avvoltoi famelici» rispondo.

«Dalla gente c'è da aspettarsi di tutto, temo.» Cerco di capire se Elaine sa qualcosa, e invece scopro tutt'altro: una persona carina, disponibile, misurata, forse preoccupata. Poi mi chiede: «Vai in ospedale?»

«Ho degli impegni nel pomeriggio, ma proverò ad andarci dopo la scuola.» Un attimo di esitazione. «E tu?»

«Oggi no. Ma vado domani.»

Viso perfetto. Ovale, zero brufoli sulla pelle liscia e olivastra, labbra carnose, zigomi alti, occhi grandi in cui tuffarsi e occhiali da ragazza intelligente, naso piccolo e grazioso, capelli neri lisci e lucidi. I vestiti sembrano nuovi, puliti e stirati. È luminosa, limpida.

Galleggio lontano da tutto questo finché lei non mi riporta alla realtà.

«Lucille?»

«Sì?» rispondo. «Devo andare a lezione.»

Mi posa una mano sul braccio. Mi ferma.

«Quello che hai fatto è incredibile. Saltare nel fiume così.» Mi sta toccando, e avrei voglia di dirle tutto, di confessare, nella speranza che possa perdonarmi.

«Lo avrebbe fatto chiunque.»

«Non so.» Mi stringe. «Non lo so proprio. Comunque l'hai tirata fuori. Non è da tutti.»

Dico qualcosa, non so bene cosa, e me ne vado, annuendo e borbottando, perché lei non può fare così. Non è permesso.

Non essere carina con me, Elaine. Non farlo, ti prego.

* * *

Sono di nuovo in ospedale. Quella santa infermiera che risponde al nome di Rita entra ed esce dalla stanza, si muove con agilità intorno a me mormorando sottovoce. Wren dorme nella poltrona. I miei gomiti sono affondati nel rosa orrendo della coperta. Janie è andata a casa per un'ora, giusto il tempo di farsi una doccia e mangiare un boccone. Di Digby non c'è traccia.

Eden sembra uno scheletro. Dovrei parlarle. È così che si fa.

La macchina continua a emettere il suo sibilo.

L'altra macchina emette un *bip* intermittente.

Mi crolla la testa fra le braccia.

Non riesco letteralmente a respirare e sto tremando dalla testa ai piedi, quando entro nel ristorante insieme a Wren. Passo dalla porta sul retro, supero i cuochi, ma di Fred neanche l'ombra. La lavapiatti mi fa un cenno con la mano e mi saluta in spagnolo.

«*Hola*» rispondo, superando la paura e poi il sollievo di non ritrovarmi Fred dietro ogni angolo. Ma poi sgattaiolo oltre il frigo ed eccolo lì, chino su un barattolo di peperoncino verde che sta spostando da un'altra parte, e tutto accelera in un attimo.

La sala è praticamente pronta, le ragazze gironzolano qua e là. Le pareti sono tappezzate di croci. Non credo di averle mai notate prima d'ora. Sono dappertutto, in ogni versione, in ogni possibile variante di crocifisso. Il mio cervello si spreme per capirne il senso.

Non so se ho ancora un lavoro, non so quanto Fred sia incazzato per avermi scoperto a pomiciare vicino ai bagni mentre avrei dovuto servire i clienti. A prescindere da quello che è successo a Eden, non posso permettermi di perdere il posto.

Per fortuna Wren è all'oscuro di tutto, e credo che in qualche modo faccia da barriera tra me e le potenziali quaranta frustate a cui sto andando incontro. In un primo momento, quando entro dalla porta sul retro, nessuno ci fa caso. Shane e Rachel sono sedute al tavolo sei, a leggere qualcosa. Cerco di non fare rumore, ma poi Wren esclama: «Ehi, gente!» e tutti si alzano e mi vengono incontro, mi abbracciano, abbracciano mia sorella.

«Ehi, ragazza» mi dice Shane. «Perché non ci hai raccontato niente?»

Alza una copia del *Cherryville Squire* ed ecco che lì, nel nostro sfigatissimo giornale cittadino, c'è una foto di Eden e un articolo su di noi. Il titolo recita: GIOVANE STELLA LOCALE DELLA DANZA IN COMA. Non riesco a scorgere altro, visto che Shane agita il giornale, ma c'è una foto di Eden, e anche una mia, la foto scolastica dell'anno scorso. Sembro così pulita e ordinata in bianco e nero, quasi carina, quasi normale.

Rachel dà a Wren un buffetto sul mento e osserva: «Tua sorella ha fatto qualcosa di speciale».

«Veniamo adesso dall'ospedale» risponde Wren, poi va dritta nell'ufficio, di sicuro a giocare con i trucchi.

«Mah...» dico a Rachel. «Non credo che Eden sarebbe d'accordo con te.»

«Non importa» ribatte lei. «Non importa, tesoro.» Si allontana dietro Wren.

«Grazie» farfuglio alla sua schiena.

«Sei qui?» mi chiede Val avvicinandosi. Questa sera sfoggia un look particolarmente da vamp. Latex e una riga di eyeliner piuttosto marcata. «Non dovresti essere da qualche altra parte?»

«Ho bisogno di lavorare» rispondo.

«Giusto» interviene Shane. «La vita continua.» Le suona il telefono che ha lasciato sul tavolo e va a prenderlo, sbuffando. «*Mmm*. Ma pensa un po'! Trent. Bisogna scaricarli almeno una volta al mese, così si ricordano che esisti.»

«Devi andare a parlare con Fred» mi suggerisce Val.

«Sì. E subito» aggiunge Shane.

«Cosa ci fai qui?» La voce alle mie spalle è piatta, anonima, irriconoscibile.

Fred.

Sono decisamente licenziata.

* * *

La sala si svuota all'istante, neanche avessero lanciato del gas lacrimogeno, e restiamo soli, io e Fred. Lui si siede, il braccio accanto alla pagina di giornale con sopra la mia foto. Mi invita a fare altrettanto, e in quel momento mi sembra di essere in una scena del *Padrino*. Vorrei infilargli dell'ovatta nelle guance, così la somiglianza con Marlon Brando sarebbe perfetta, ma non credo che la prenderebbe bene. A dire il vero, penso che non abbia proprio voglia di vedermi.

Ho le gambe molli, comincio a sentire un certo mal di testa e un bruciore in gola.

«E così sei tornata.» Ha l'aria esangue, come se fosse rimasto vittima dell'apocalisse di zombie che aspetta sempre con ansia.

«Non ho lasciato il turno scoperto» gli dico.

«Sì, ma...» Picchietta il dito sul giornale. «Mi pare che tu abbia parecchio da fare.»

Sono sicura che mi si sono appena gonfiati i linfonodi.

«Cosa vuoi, allora?» aggiunge.

«Posso lavorare?»

«Hai portato di nuovo tua sorella?»

La tovaglia sotto la plastica protettiva ha un motivo a bandierine.

«L'ho vista in ufficio» continua. «Hai intenzione di tenerla qui tutta la sera?»

Indietreggio con la sedia. «Quindi sono licenziata?»

Si alza e cammina avanti e indietro per un istante.

Vorrei schizzare via. Di certo non mi va di aspettare il responso. E poi ha un'aria furiosa. Inferocita.

«Ti sbaciucchi in sala. Te ne vai prima di aver completato le tue mansioni. Porti tua sorella al lavoro.» Si riaggiusta gli occhiali sul naso, infila le mani in tasca per prendere una sigaretta, la tiene per un po' tra le dita. «Cosa dovrei fare?»

«Va bene, ho capito, okay?»

«No, non è okay. Fai parte di una squadra. Devi comportarti nel modo giusto.»

Non so bene cosa significhi, ma non importa, perché non ha finito di parlare. Me ne sto seduta come se avessi cinque anni e aspettassi di prendere la medicina.

«Salti dentro un fiume gelato e non mi dici niente. La tua migliore amica è in coma. E poi chi è quel tizio che ti metteva le mani dappertutto? E perché ti porti sempre dietro tua sorella?» Appoggia i palmi sul tavolo. «Dove sono i tuoi genitori, Lucille?»

Ora me ne vado. Di corsa. Sto quasi per passargli oltre, ma lui mi afferra per il braccio. «Eh, no» dice. «Pensi che non sappia di tuo padre?»

«Sono sicura di sì.» Rimando giù il groppo che mi è salito in gola. «Lo sanno tutti.»

«Esatto. E so anche che tua madre non c'è. Non conosco il motivo, ma so che non c'è. Questo lavoro ti serve, quindi perché non ti fidi di me e non mi fai capire di cosa hai bisogno?»

«Perché?» gli chiedo. «A che pro?»

«Perché così possiamo aiutarti.»

Ha degli occhi azzurrissimi. Non lo avevo mai visto così da vicino, prima. Ha l'alito pesante di caffè e sigarette, ma l'azzurro dei suoi occhi trapassa persino lo sporco delle lenti.

«Io non ho avuto figli, Lucille, e forse non li avrò mai, a meno che non metta incinta qualche sexy ribelle una volta passata l'invasione degli zombie.»

Sorrido.

Ho sorriso!

«Ma se avessi una figlia, la vorrei come te. Una che non se ne sta seduta ad aspettare che le cose succedano. Vorrei una tipa sveglia che va a trovarsi un lavoro e si preoccupa delle persone care come fai tu con tua sorella. Una che si tuffa in un fiume a notte fonda e tira fuori dall'acqua la sua migliore amica per salvarle la vita.»

Sto per dire qualcosa, ma lui alza una mano.

«Ti voglio vicino a me, quando gli zombie attaccheranno, okay?» Fa uno strano movimento con le dita, come se volesse nascondere qualcosa. «Non sono cose che dico a chiunque. Tienitelo per te.»

«Quindi non sono licenziata?»

«A una condizione. Adesso ci sediamo e tu mi dici esattamente come stanno le cose. E non puoi più tenere qui tua sorella. Troveremo una soluzione. Chiedi alle ragazze di darti una mano. Rachel può giocare a truccarla le sere che non lavora, per esempio. E giuro su Dio che se becco di nuovo quel ragazzo a palpeggiarti, gli faccio vedere io.» Con le dita imita una pistola. «Insieme possiamo farcela.»

Lancia un grido di vittoria, ma è così ridicolo che riesce a soffocare il pianto che sento salire dentro.

È proprio uno spasso.

Ed è grandioso.

«Ehi!» urla, rivolto verso l'ufficio. «Perché ve ne state tutte quante con le mani in mano? Portate qui le chiappe e cominciate a lavorare! Avete venti minuti per preparare la sala alla perfezione!»

Le ragazze escono di corsa dall'ufficio e iniziano a darsi da fare.

Fred mi mette una mano sudaticcia sulla spalla, poi se la infila nella tasca dei pantaloni e tira fuori dei soldi. Quattrocento dollari. «Ti ho già rimpiazzato per oggi. Prendi questi e non fiatare. Hai la settimana libera, ci vediamo lunedì.»

«Freddie...»

Mi interrompe. «Non fiatare.» Si dirige alla porta laterale della sala e dà un'occhiata in giro. «Allora siamo d'accordo così» dice. «Bene.»

Quando torniamo a casa, troviamo la perfezione. Dico sul serio. Improvvisamente, ogni cosa è al suo posto.

E i pensili della cucina sono pieni di scorte. Non riesco neanche ad arrabbiarmi o spaventarmi, anche se so benissimo di aver chiuso la porta a chiave quando ho portato Wren a scuola, questa mattina.

Non mi è rimasto più niente, dentro. Non c'è spazio per il panico. Ed è così anche per Wren. Restiamo a guardarci mentre le preparo la merenda, che può scegliere tra un'infinità di cose buone. Saliamo tutte e due in bagno perché ho bisogno di una doccia, e scopriamo la stessa perfezione. Nuovi flaconi di shampoo e balsamo, una saponetta ancora da scartare, qualche asciugamano nuovo. Chiunque sia questa persona, stavolta si è spinta persino oltre, si è data ancora più da fare. Ma forse non è affatto una persona. Forse si tratta proprio di magia. Forse è come dice Wren: è un angelo con enormi ali lucenti che va a fare la spesa al supermercato in abiti svolazzanti, ritaglia i buoni sconto e compagnia bella.

Forse sto impazzendo davvero.

Pazienza.

È stata una lunga, lunghissima giornata.

Una volta Eden mi ha detto che avrebbe voluto essere cremata. Non voleva essere mangiata dai vermi. Preferiva essere chiusa in un'urna biodegradabile da piantare da qualche parte, con dentro un seme, in modo da diventare un albero. Mi era sembrata un'idea grandiosa, romantica. Immaginavo di dover riferire le sue volontà a suo marito o ai suoi figli, di qui a un milione di anni, e magari ci saremmo ritrovate insieme nello stesso giardino.

Non stavo certo pensando alla possibilità che Eden morisse. Adesso, nella realtà.

Un'ipotetica idea di morte fa molto meno paura di una possibilità concreta e immediata.

Come farò senza di lei se non dovesse svegliarsi? Posso sopportare di vivere senza mio padre. Anche senza mia madre. E senza Digby. Non riesco neanche a pensare a lui, in questo momento. Ma non potrei sopportare di perdere qualcun altro. Lo so con assoluta certezza. Me lo sento nelle ossa.

Il sibilo del respiratore.

«Svegliati» dico alla mia migliore amica. «Hai capito? Ti devi svegliare.»

Il sibilo del respiratore. Il *bip* intermittente dei macchinari.

«Ti prego» le dico. «Ti supplico.»

Giorno del trasloco
(Prima di Digby)

«Perché fa così caldo?» Eden era distesa sulla sdraio, il libro a coprirle la faccia, mentre io guardavo passare la gente e cercavo di non deprimermi troppo. Mamma e Wren erano andate a fare la spesa, e papà stava ancora dormendo. C'era un gran viavai, quel giorno, e un sacco di traffico, anche per colpa dell'enorme camion dei traslochi che bloccava la strada.

«Perché siamo a luglio, e a luglio fa caldo» le risposi.

«È come se Dio si fosse voluto vendicare dell'East Coast scaricandoci addosso la sua ira sotto forma di umidità e calore esplosivo.» Alzò per un attimo la testa. «Nella casa nuova abbiamo l'aria condizionata. Quella vera.»

«Sono contenta per te.»

John e Digby uscirono dalla porta reggendo una scrivania, uno da un lato e uno dall'altro, e si trascinarono fino al camion.

«Fai veramente sul serio?» chiese acido Digby passando davanti a Eden.

«Che c'è?» ribatté lei. «Le mie cose sono tutte pronte.»

«Sì, ma mamma è dentro a pulire. Potresti anche darle una mano.»

«Ci vado, okay? Sto solo facendo una pausa.» Eden tornò a stendersi e si asciugò la fronte. «Che rottura di scatole.»

«Mi mancherai» le dissi. «Andrà tutto male, adesso.»

«Andrà tutto bene, invece» rispose, allungandosi in avanti su una gamba e tirandosi il piede. «Sarà solo diverso. Diverso non significa per forza che sia peggio.»

«Ma mi andava benissimo così.»

Eden alzò le spalle e si allungò di nuovo.

«Immagino che se stessi per trasferirmi in una casa con l'aria condizionata e mobili nuovi di zecca sarei contenta anch'io» ammisi. «Ma senza di te sarà una noia mortale.»

«Ci vedremo lo stesso» disse, porgendomi il mignolo. «Ci vedremo nel nostro posto segreto in qualsiasi momento, tutte le volte che ne avremo voglia.»

Seduta sulla ringhiera, agganciai il mio mignolo al suo. «Promesso?» le chiesi.

«Promesso, certo.» Si sporse verso di me. «E fidati, Lu, se ti dico che di sicuro non sarà mai una noia mortale.»

«Intendi il quartiere? Sì, invece. Sarà uno schifo totale.»

«No» rispose lei con un mezzo sorriso mentre John e Digby tornavano verso la casa. «Non il quartiere, stupida. Parlo della vita.»

3° giorno (mattino presto)

Mi sveglio sottosopra nel buio più totale. Sto bruciando. È la prima cosa che sento. Sto bruciando non tanto sulla pelle, ma dentro, nel profondo. È un dolore che inizia da un punto che non so individuare, e fa così male che sto cercando di estraniarmi dal mio corpo. Farei qualsiasi cosa per mandarlo via.

Cenere alla cenere.

Sto andando in pezzi.

Ho sognato qualcosa e il sogno mi ha seguito fin qui.

Ci vuole molto tempo. Ore e ore, per ridurre un corpo in cenere, in composti chimici semplici da poter smaltire. Ore e ore, per cremare una persona e farla diventare polvere. Non bastano secondi, minuti. E restano comunque denti, frammenti di ossa. Penso che lo facciano così. Di notte. Accendono il forno e ti cucinano, poi tornano la mattina dopo e ti mettono in uno di quei piccoli contenitori.

Eden ha delle gambe lunghissime. Non voglio che facciano così anche a lei. Non adesso. Pelle che si scioglie, muscoli che si staccano, e alla fine anche le ossa cedono, si sgretolano. Niente più *arabesque*. Niente più *plié*. Niente più punte, la preoccupazione di non farcela. Niente di niente.

Una pelle rovente preme contro la mia. Eden perde brandelli di carne, gli occhi fuori dalle orbite. La sento sopra di me, nel buio. No, non è Eden. Eden non è morta: è in ospedale. Sto dando i numeri.

Sopra di me c'è Wren.

Le metto una mano sulla fronte: scotta. Tento di tirarmi su, ma mi gira la testa.

«Ehi, Wrenny» sussurro, allungandomi ad accendere la luce sul comodino.

Risponde con un lamento. È bollente.

Provo ad alzarmi dal letto. Devo farcela.

Non ho il cellulare. Non ho il paracetamolo. Non so cosa fare, ma stiamo male tutte e due e se non faccio subito qualcosa Wren starà anche peggio. Non protesta, non dice niente quando la copro con una delle giacche di mamma.

Mi passa una mano sul viso e mormora: «Oh, sei bollente».

Prendo un asciugamano e lo bagno. «Tienitelo addosso» le dico. Se lo appoggia sulla fronte e usciamo di casa, al freddo. Ha nevicato ancora, ma posso farcela. La infilo in macchina e parto.

Non vado verso l'ospedale. Non voglio andarci.

Vado verso la strada chiusa.

Busso alla porta, mi ricordo solo dopo di suonare il campanello. È tutto bianco e scintillante alla luce del lampione, e ora non scotto più. Non ho mai avuto tanto freddo.

Non avevo mai visto Janie così, i capelli rossi dritti in testa come dopo un elettroshock. Quando vede Wren, allarga le braccia e ci fa entrare, rassicurandoci. È la prima notte che dorme a casa, invece che in ospedale. Con Eden c'è John. Il momento perfetto per ammalarci e non farle chiudere occhio.

Dice di non preoccuparci. Non riuscirebbe a dormire comunque.

Conosco questa stanza come le mie tasche. È quella di Eden. Piumino e cuscini morbidissimi, tutto in quella sfumatura color panna, il legno del pavimento, il soffice tappeto rettangolare abbinato. Alle pareti le stampe incorniciate di ballerine, quasi tutte in bianco e nero. E poi libri, libri e ancora libri. Così tanti, con il dorso consumato. E poi la mensola. Ci sono tutte le scarpette da danza di Eden, dalle più piccole in su. L'armadio, socchiuso, con dentro vestiti lucenti e svolazzanti. Se apro i cassetti so di trovare i body, gli scaldamuscoli. Tutto il mondo di Eden. E poi sul soffitto, sopra la mia testa, la citazione più nuova e più bella. Forse l'ultima. NON ANDARTENE DOCILE IN QUELLA NOTTE BUONA. INFURIATI, INFURIATI CONTRO IL MORIRE DELLA LUCE. Di nuovo.

Janie ha portato Wren in soggiorno, così può controllarla meglio. Mi sento vuota senza il suo peso addosso, ma posso anche starmene distesa qui, imbottita di medicine, la tazza di tè sul comodino, e non fare niente.

I pensieri diventano liquidi. Forse c'era anche un po' di tranquillante, nelle medicine.

Eden è nel suo corpo? Sa che suo padre è accanto a lei? Sa che mi dispiace? Ballerà ancora o brucerà? Dov'è mamma?

Forse Eden entrerà dalla porta da un momento all'altro e salterà sul letto. Appoggerà il mento sulle mani, i capelli le incorniceranno il viso a cuore e dirà: «Racconta, Lulu. Raccontami tutto».

Non so proprio come Digby sia finito qui nel letto insieme a me.

Sto sudando. O per la febbre o perché c'è lui. Respirare fa correre il tempo più veloce, e io invece voglio che stia fermo. Che si prenda una vacanza. Voglio dargli il benservito, licenziarlo. *Levati di torno, tempo.* È qui che voglio restare per sempre. Con Digby.

Ma se non respiro è anche per colpa della sua mano.

Si è infilata sotto le coperte e ora mi cinge la vita. Si muove. Giusto un po', non troppo, ma si muove. Un centimetro su, un centimetro giù. Così lieve, timorosa. Se smette, so che prenderò fuoco. Ho una voglia pazza di avvicinarmi a lui, ma mi costringo a restare immobile. Ho solo un tremore dentro, forse anche fuori. Non so.

Lui trema quanto me. Lo sento da come respira. Però la sua mano è salda. E poi è sotto la mia t-shirt, scorre sulla mia pelle. Vorrei che fosse ovunque. Vorrei girarmi. Ma ho paura che la minima mossa sbagliata possa far accendere la luce, possa far finire tutto questo, ed Elaine è da qualche parte dentro la mia testa, anche se cerco di mandarla via perché questo non è il suo momento. Qui ci siamo solo io e Digby.

Solo noi.

Ed è allora che sento Janie. Singhiozza. Non sembra un suono umano. È come il verso di un lupo, un fantasma, ma smorzato, ovattato, anche se non abbastanza per non udirlo. Non nel silenzio assoluto della casa.

La mano di Digby si ferma.

«Nel ripostiglio» mi sussurra sul collo. «Piange nel ripostiglio.»

Il pianto di una madre fa gelare il sangue, fa venire i brividi, e io e Digby reagiamo stringendoci ancora più forte.

È come se Janie stesse implorando.

Ancora 3° giorno

Mi sveglio come se qualcuno mi avesse scosso con forza. Intorno a me c'è il rosa della coperta di Eden. Le gambe di Digby sono sopra le mie, un suo braccio mi attraversa la schiena.

È tutto un po' confuso, sfocato. Poi la vedo.

Eden è con noi nella stanza. Seduta in fondo al letto, appollaiata con il mento sulle ginocchia. La testa appena piegata di lato. Osserva. E sorride.

Richiudo gli occhi, la bocca di Digby è sul mio collo.

«Torno in ospedale» dice Janie. Svetta su me e Digby, vestita di tutto punto, capelli raccolti, niente più ciocche ribelli. Mi sta porgendo un bicchiere d'acqua e un paio di pillole bianche.

Mi risveglio troppo in fretta, di nuovo con un senso di vertigine. Cerco di sistemarmi, di aggiustarmi la maglietta, quella di Eden. Ho un tremendo mal di gola.

«Ci sono ritardi di due ore anche oggi, per via della neve, e non voglio che vi muoviate finché non torno, okay, Digby? Devo dare il cambio a John in ospedale, ma in frigo c'è un sacco di roba da mangiare e ho già dato le medicine a Wren. Queste sono per te.» Mi invita a mandarle giù.

«Ma mamma...» cerca di protestare Digby.

«No» taglia corto Janie. «Non voglio sentire niente, adesso. Ne parliamo dopo.»

Eden. Il mio sogno.

«Eden sta bene?» chiedo.

«È in coma, Lucille» risponde. «No, non sta bene.» E poi, agitando le braccia: «E non va bene neanche questo».

«Oh...» faccio io.

«È meglio che voi due vi chiariate le idee su quello che sta succedendo. Proprio adesso che la nostra famiglia è in difficoltà, Digby Riley Jones? Sul serio? Questa cosa non può continuare. Mi sembra che stia andando tutto a rotoli.» Dopo che ho ingoiato le pillole, Janie allunga la mano per riprendere il bicchiere. «Com'è possibile che vostra madre vi lasci così? Io ho una figlia in ospedale e lei non si degna neanche di prendersi cura delle sue. È da non crederci, da non crederci. E adesso voi due. Ci mancava questa!» Il suo tono è così isterico che mi soffermo solo per un attimo a chiedermi quanto sappia a proposito di mia madre, e da quanto tempo lo sappia. «Ora basta.» Con voce incrinata se ne va, quasi sbattendo la porta, e senza aggiungere altro.

«Porca miseria» dice Digby. «Porcaccia miseria.»

Sta giocando a basket. Sul serio. Quando le pillole cominciano a fare effetto e torno a sentirmi normale, senza più quel mal di gola tremendo, mi affaccio fuori perché non riesco a trovarlo da nessuna parte. Ha pulito un tratto del vialetto e sta facendo dei tiri a canestro. Indossa un berretto nero, pantaloni e giubbino sportivo, e lancia la palla di continuo. Rimbalzi, altri rimbalzi. Dalla finestra vedo l'espressione del suo viso, teso e concentrato, come se cercasse qualcosa in quel canestro circondato dal bianco della neve. Nero e bianco.

«Mi dai un po' d'acqua?» chiede Wren. «E mi trovi il canale dei programmi di cucina?»

«Certo.» Mi sento uno schifo, e lei ha un'aria ancora più ammaccata della mia. Ma almeno sono di nuovo in piedi, non sto più delirando. Spero di non aver attaccato niente a Digby. Dopo aver sistemato Wren davanti alla TV, esco infilando il giubbino sopra la maglia con cui ho dormito.

«Ciao» dico.

Digby si ferma un secondo, poi riprende. Tiri, rimbalzi e corse. Mi passa accanto, sento il rumore dei pantaloni che strusciano sulle gambe. Il freddo è un sollievo.

«Dovresti tornare dentro» dice alla fine, senza smettere di palleggiare.

«Però non ci vado» rispondo.

Continua a giocare come se non ci fossi, e poi scaglia la palla contro il muro, vicinissimo a dove sono io, tanto da spaventarmi. La palla rimbalza sul vialetto. La guardiamo rotolare fin sotto l'auto di mia madre per poi fermarsi contro la ruota.

«Lo sapevi che occhi verdi e capelli rossi sono la combinazione più rara che esista?» gli chiedo.

«Già» risponde. «E tu lo sai che quando si tratta di cambiare argomento non ti batte nessuno?»

Si avvicina.

«Volevo dire che sei una cosa rara» gli spiego.

«Anche tu.»

«Forse.» E poi: «Digby, vuoi metterti con me?»

Non mi guarda, continua a fissare la palla.

«Allora?» lo incalzo. «Non puoi tenere il piede in due staffe. Non puoi cominciare una cosa nuova e allo stesso tempo pretendere che tutto continui com'era prima.» Arranco, ma proseguo: «Non puoi toccarmi in quel modo e poi scomparire. E se non puoi starmi vicino, tenermi per mano, essere fiero di stare con me, allora non puoi avere neanche il resto. Non è giusto per nessuno, nemmeno per te. Allora, cosa vuoi?»

Non risponde, si limita a fare nuvolette con il respiro. Qualcosa si sta incrinando dentro di me, sempre di più, fino a formare una crepa. Non penserò più alle sue mani sul mio corpo. È finita.

«Vado a casa» dico. «So che tua madre è arrabbiata, ma dille di non preoccuparsi. Mi fermo a comprare delle medicine.» Mi stringo addosso il giubbino.

«È tutto...»

«È tutto un gran casino. Un casino che non si può aggiustare.»

«Lo pensi davvero?»

«Certo.» Chiudo il respiro fra le mani gelate e penso a quello che mi ha detto Eden. «Ci sono un sacco di cose che devo sistemare, in questo momento. E non posso farlo qui. Anche tu hai le tue cose da sistemare. Grazie di tutto, okay? Per avermi aiutato con Wren, per esserci stato. Hai fatto anche troppo. Ora devi stare lontano. Salutami.»

«Andiamo, Lucille...»

«Dillo.»

«Sei così...»

«Lo so, sono melodrammatica. Sto esagerando. Ma devi dirlo lo stesso.» Continuo ad annuire perché ogni secondo che passa sono sempre più sicura che sto facendo bene, sto facendo la cosa giusta per tutti. «Perché la prossima volta che ci vediamo, voglio che le cose tornino com'erano prima. Dobbiamo farla finita. Lo capisci, vero?»

Comincio a battere i denti e lui fa per passarmi un braccio sulle spalle, ma mi scanso.

«Le cose non finiscono mai» dice.

«Non è vero» ribatto io. «Tutto finisce.»

«Ma si tratta di te.» Non riesce a capacitarsi. «E se faccio la cosa sbagliata?»

«Dacci un taglio.» Vorrei dire cose spiacevoli che non posso rimangiarmi, che deve fare l'uomo, e invece rimango aggrappata a ciò che ho sempre pensato di lui. Lo amo troppo. E questo è alla base di tutto. Lui mi prosciuga ogni forza, e non mi piace sentirmi così. Eden dice che è un ragazzo buono. Io voglio essere una ragazza senza complicazioni. Anche buona, sì. Voglio essere normale, semplice, con due bravi genitori e un ragazzo dolce che non deve nascondersi. «Visto che non mi sento bene, oggi non vado in ospedale» dico. «Ma se domani sto meglio mi piacerebbe fare un salto dopo la scuola. Se per te va bene.»

«Cioè non vuoi che io sia lì?» Sembra essersi rimpicciolito.

«Penso sia meglio così. Ma se tu vuoi andarci a quell'ora, aspetterò.»

«Siamo arrivati addirittura a questo.» Scuote la testa. «Incredibile.»

«Almeno per un po'.» Gli do un buffetto sul braccio.

«Un giorno saremo di nuovo amici, quando sarà tutto passato. Ringrazia tua madre per ieri sera.» Faccio un cenno verso la mia auto. «Ti conviene recuperare la palla, prima che ci passi sopra. Vado a chiamare Wren.»

Mi giro una sola volta, prima di entrare in casa. Qualunque cosa stia facendo spero di stamparmi quell'immagine in testa, per non dimenticarla mai. So che rivedrò Digby, magari un milione di volte, ma non sarà più così. È appoggiato al palo del canestro, piegato in giù, a fissarsi i piedi.

«Ciao, Lucille Bennet» dice mentre chiudo la porta.

Vengo svegliata da una raffica di suoni secchi e ripetuti che risale le scale e penetra nel torpore indotto dalle medicine. Wren non si muove di una virgola. Sono così stordita che mentre scendo devo appoggiarmi al muro. Non ho abbastanza tempo per pensare a chi può essere. Papà? No. Mamma? No. Forse Digby o Janie?

Pur dando spazio all'immaginazione più sfrenata, Elaine è l'ultima, l'ultimissima persona che mi aspetterei di trovare davanti alla porta. E invece è proprio lei. Il suo minuto viso olivastro è sfatto, gonfio e...

«Che ore sono?» chiedo.

Si passa una mano sugli occhi. «Dormivi?»

«Sono ammalata.»

Indietreggia e raddrizza la schiena.

«Almeno su questo mi ha detto la verità» borbotta.

E allora capisco. Tutto si fa più nitido. «Vuoi entrare?» le dico.

«No!» Incrocia le braccia sul maglione di cashmere blu scuro. «Forse sì.» Si guarda intorno. «Fa freddo.»

Continua a guardarsi intorno. Non voglio pensare a cosa vedono i suoi occhi da ragazza privilegiata. Assolutamente no. «Sono solo le nove. Mi dispiace di averti svegliato.»

«Mi stai chiedendo scusa?»

«Sì, okay?» Infila la mano nella borsa per prendere un fazzolettino di carta.

E poi entra in casa mia.

«Vorrei urlare» dice con un tremore nella voce.

«Fa' pure» le rispondo. «Puoi urlarmi addosso, se vuoi.»

Cominciano a scorrerle lacrime sul viso.

Mi pulsa la testa, il petto.

«Vai a letto con lui?»

«No» rispondo. *Peggio*, penso.

Si sposta, irrequieta, tocca la parete, la cornice di legno, poi incrocia il mio sguardo. C'è un'espressione dura nei suoi occhi.

«Be', è una buona notizia.» Mi guarda come se avesse davanti uno specchio. «Qualche minuto fa ho deciso che sei una persona proprio infelice. Cioè, lo avevo già deciso. Digby me l'aveva detto. Mi ha detto tutto. Di come tua madre se n'è andata senza motivo, e sapevo già di tuo padre.»

Tradimento. Gli ho consegnato un coltello e lui mi ha pugnalato alle spalle.

«Diceva che gli dispiaceva per te, che voleva aiutarti. Io l'ho lasciato fare. Mi fidavo di lui.»

«Ah.» Ho un sapore di metallo in bocca. «Anch'io.»

«Sì, be', tu non stai con lui, Lucille. Non ti deve niente.»

Altra pugnalata. Doppia, questa volta. «Non c'è più niente fra noi» le dico. «Okay?»

Ma non mi ascolta. «Frequenteremo la stessa università l'anno prossimo. La Penn State, se tutto va secondo i piani. E dopo...» Le cede appena la voce, poi continua tutto d'un fiato: «Sono già due anni che parliamo di matrimonio. Dopo la laurea, certo. E poi, di punto in bianco, salti fuori tu. Così sconsolata e vulnerabile, e lui... lo stai confondendo, e non è giusto. Crede di provare tutti questi sentimenti, ma sai una cosa? Scommetto che tu non c'entri niente. Penso che Digby si sarebbe buttato anima e corpo ad aiutare qualsiasi persona in difficoltà. Gli piace giocare a fare l'eroe, sentirsi speciale. E tu gli hai offerto l'occasione di farlo. Si sente più grande, più importante». Si tocca il cuoricino d'oro che porta al collo. Un regalo di Digby? «E adesso, come se non bastasse, ti sei tuffata nel fiume per salvare sua sorella.»

Quasi non mi reggo in piedi. Sono costretta ad appoggiarmi alla porta. Non so perché, ma non riesco a dire nulla.

«Mi fai schifo» continua. «Prima mi dispiaceva per te. Ero contenta che avesse un'amica, una persona speciale. Te ne sei approfittata. Ve ne siete approfittati tutti e due. Sei solo una poveretta che cerca di trascinare gli altri giù insieme a lei, e lui è così immaturo da esserci cascato.» È solo qualche centimetro più bassa di me, ma in questo momento mi sovrasta come un'amazzone con tanto di arco e frecce che mi sfiorano il viso. «Guardami e dimmi se quello che c'è tra voi è vero. Dimmi che Digby proverebbe tutte queste cose per te anche se fossi una persona normale.»

Mi sforzo di trovare le parole, ma sono impietrita.

«Non hai niente da dirmi?»

«Hai ragione» riesco a rispondere. «Mi dispiace. È tutto finito, okay?»

Sento che qualcosa mi si sta strappando dentro, e non voglio che lei se ne accorga.

Si tranquillizza un po'. «Tra voi due è solo una fantasia. Niente di reale. Niente di minimamente reale.»

Questo, però, non glielo concedo. «Sembrava reale» ribatto. «Sembrava l'unica cosa reale della mia vita. Ma mi dispiace, mi dispiace tantissimo, di essermi innamorata del tuo ragazzo.» Se voglio dire la verità, la mia verità è questa.

«Mi hai fatto del male. Forse non ti importa, forse non significo niente per te, ma hai fatto del male anche a lui.» Tira fuori le chiavi dell'auto dalla borsa. «Non provarci mai più.»

4° giorno

La mattina dopo mi riprendo e sono pronta per andare a scuola. Anche Wren sembra stare meglio, così la convinco a entrare in macchina con la promessa che poi andremo a fare un po' di shopping. Non posso più vederla con addosso quegli stracci che non le vanno più bene. Da qualche parte devo pur cominciare. Quando non hai più un briciolo di forze, quando sei nel casino più totale, conviene fare piazza pulita e ripartire da zero. Cosa farebbe Eden se ci incontrassimo giù al fiume, adesso? A parte dirmi un sacco di cose intelligenti, stilerebbe un elenco, cominciando dalla situazione reale.

Se non mi concentro, i miei voti cominceranno a calare e allora il disastro totale mi investirà di nuovo come un treno in corsa, senza lasciarmi scampo. Sorseggio il caffè che mi sono portata dietro e provo a fare una stima dei danni.

I fatti sono questi:

Fred sa tutto.

Janie sa qualcosa.

Digby sa tutto.

Elaine sa tutto, quindi forse anche le sue amiche.

Eden sa tutto, ma in questo momento è fuori gioco, quindi nessuna minaccia imminente.

I fatti sono anche questi:

Ho perso Digby.

La mia migliore amica è in coma.

Mio padre è chiuso nel suo egoismo.

Mia madre vaga chissà dove.

Ma…

Ho una casa.

Qualcuno sta vegliando su di me.

Ho un lavoro.

Ho una sorella.

I miei voti sono quasi crollati, però posso rimediare.

Ho tirato fuori dal fiume Eden. Posso farcela. Sì, posso farcela.

* * *

La scuola è un campo minato. Qui, accanto al mio armadietto, c'è ancora l'assurdo altarino dedicato a Eden. E se nei mesi precedenti non la vedevo mai, ora Elaine è praticamente ovunque e mi lancia occhiatacce glaciali. Mi rintano in bagno, cercando di capire come mai, prima, sembrava vivessimo in due universi paralleli mentre adesso è come se si fosse clonata in tante Elaine diverse, pronte ad attaccarmi.

Faccio la pausa pranzo fuori. Ascolto la lezione in classe. Sto attenta.

Arriva alla fine. Arriva alla fine di questa giornata. Le altre le affronterai dopo.

Ho altre cose di cui occuparmi.

Prima le cose importanti. Mia sorella. Dopo che le avrò comprato qualcosa da mettersi, la accompagnerò a trovare papà.

Sono lontani anni luce da me, chiacchierano come io non sono riuscita a fare, con Wren tutta sberluccicante nel suo completo nuovo in perfetto stile Melanie. Sta raccontando tutto a papà. Ne sono sicura. Lo capisco dal modo in cui lui si china ad ascoltarla, le posa le mani sulle spalle.

Una volta ho letto che i bambini che hanno subìto percosse o molestie, anche le più terribili, quando vengono allontanati dalla loro famiglia non vogliono fare altro che tornarci. Vogliono il conforto dei loro cari.

Vogliono perdonare. Lo vogliono con tutto il cuore. Non hanno abbastanza difese per capire che sono loro, le vittime. In un certo senso sembra una cosa sbagliata, contorta, ma c'è anche qualcosa di assolutamente puro e innocente. Qualcosa che si perde totalmente per strada, quando si diventa grandi.

E adesso papà. Ora sappiamo che può perdere il lume della ragione, perché l'ha già fatto, quindi non credo che potrò provare per lui quello che provavo una volta. Ma almeno loro due si vogliono bene. Lo vedo da come Wren gli permette di toccarla, di farsi abbracciare, da come lui si rallegra e sorride. È di questo che ha bisogno, credo.

«Vuoi un caffè?» mi chiede Carlos allungandomi un bicchiere di plastica.

«Grazie» rispondo. «Dev'essere proprio un lavoro divertente.»

«È un lavoro onesto. E quanto a tuo padre, vedrai che starà bene, quando uscirà. È solido.»

«Solido come una roccia.»

«Già» dice Carlos «ma devi abbassare un po' le tue pretese. Nessuno è veramente una roccia. Quell'uomo...» continua, indicando papà con un cenno del suo mento squadrato, «ha passato troppo tempo a far finta di essere una roccia. Sa che non deve farlo più.» Il suo walkie-talkie ronza due volte. Lo controlla. «Devo andare. Goditi il caffè.»

* * *

Papà ha ancora l'aria impacciata, vicino a me. Si tira su le maniche della camicia, non sta mai fermo, sembra quasi che debba aggrapparsi a Wren per non cadere.

«Ce la fate ad andare avanti da sole, finché non esco di qui?» chiede. «Devo trovarvi un altro posto dove stare?»

«No» rispondo. «Ce la faremo.»

«Pensavo foste con vostra madre. Pensavo che sarebbe stato meglio tenermi alla larga.»

«Già» dico. Ho iniziato a disegnare un motivo con i denti tutto intorno al bicchiere, e il suo commento interrompe il mio progetto artistico.

«Cerco di capire se posso farvi mandare dei soldi, okay?»

«Papà...»

«Lasciate che me ne occupi io.» E allora mi guarda davvero. La maglia di cotone che porta sotto la casacca ha un'apertura in fondo alle maniche per infilarci i pollici, come tutte le sue maglie.

«Dai un abbraccio a papà» dico a Wren. «Dobbiamo andare. Abbiamo un'altra tappa prima che la giornata sia finita.»

Lui mi posa una mano sul braccio. «Mi dispiace, Tigerlily. Mi dispiace molto per Eden. Ma sono fiero di te. Hai fatto una gran cosa.» Non mi aspettavo di provare quello che provo, non mi aspettavo che riuscisse a togliermi il fiato con le sue parole. «Dico sul serio» continua. «Sei una guerriera. Forse ci appoggiamo tutti troppo a te, perché sappiamo che puoi sostenere il peso. Non dovremmo farlo. Quando esco, sarà tutto diverso.»

«Va bene» rispondo. «Andiamo, Wrenny.»

Papà ci accompagna alla porta. «Faccio tutto ciò che devo fare, come hai detto tu. Seguo una terapia. La prossima settimana comincio addirittura a lavorare.»

«È una buona notizia, papà» gli dico. «Sul serio.»

«Sai a cosa ho pensato spesso, ultimamente?»

«A cosa?» chiedo.

«All'oceano. Il Pacifico. A fare surf, scivolare sulle onde. Ci sapevo fare davvero, all'epoca. Mi piacerebbe riprovare. Quindi pensaci. Magari, quando esco, dovremmo andarci. Si vive bene, laggiù.»

«Forse» rispondo. «E comunque è una bella cosa a cui pensare. Sono contenta di questo.»

«Già. Anch'io. Ci sono quasi, Tigerlily. Okay?»

Prima che la direttrice della residenza ci faccia uscire per andare incontro alla sera, papà abbraccia Wren così forte da alzarla da terra.

«Sei arrabbiata con me perché gliel'ho detto?» mi chiede Wren mentre aspettiamo che la macchina si scaldi.

«Certo che no» le rispondo. «Non ti ci avrei portato, se volevo che mantenessi il segreto.» Mi tolgo i guanti e avvicino la mano alla bocchetta dell'aria. Lei fa lo stesso, e i nostri mignoli si sfiorano. «Ho pensato molto ai segreti, ultimamente.»

«E quindi?» Sembra già un'adolescente.

«I segreti sono una brutta cosa. Ce li hanno tutti, credo. O comunque tutti hanno qualcosa di sé che non vogliono dire, che non sono pronti a raccontare. Certe cose rimangono speciali se restano intime. Altre, invece, se continui a tenertele dentro marciscono, e il fatto che io ti abbia chiesto di mantenere dei segreti, anche se era per una buona causa... be', non credo sia giusto nei tuoi confronti.» Mi giro e appoggio il ginocchio al cruscotto.

«Okay, allora posso dirti una cosa?»

«Qualsiasi cosa.»

«Vorrei invitare Melanie a giocare a casa nostra.»

Scoppio a ridere, e mi sorprende che ci riesca. «Ma certo» le dico. Invece di invitare le amichette, ha sempre fatto i compiti da sola e passato i pomeriggi davanti alla TV. Ma adesso basta. «Puoi invitare Melanie quando vuoi. Anche domani. Troveremo un modo. Ti fidi di me?»

Tutto dipende da cosa risponde. Se lei si fida, lo farò anch'io.

«Sì» mi dice «perché sei tu.»

Prima di andare a casa ci fermiamo in ospedale. Sbircio dalla finestrella e vedo Janie che legge qualcosa a Eden da un Kindle. Digby non c'è. Perfetto. Porto Wren alla macchinetta delle bibite, le compro una cioccolata calda e le chiedo di aspettarmi buona e tranquilla fuori dalla stanza. Quando entro, vedo che le si è avvicinata la deliziosa infermiera Rita.

«Ciao» dico accostandomi a Janie con la massima cautela, ma nonostante ciò il Kindle le sobbalza tra le mani.

«Un po' di poesia» sussurra. «Chissà se la aiuta.»

«Sono sicura di sì.» Vedo l'espressione stanca sul suo viso. «Sarai esausta.»

«Ti vuoi sedere?» Scosta la sedia accanto alla sua.

Mi siedo e le dico: «Non posso restare molto. Wren è fuori che mi aspetta. Ma vorrei parlarti di mia madre».

Quando arrivo a casa, in veranda c'è un cestino con dentro dei muffin.

«Grazie!» grido alla notte.

Spero che qualcuno mi senta.

E poi entriamo. Porto il lettore CD di sotto per mettere un po' di musica e io e Wren cominciamo a fare festa. Perché, come dice lei, certe volte basta ballare e tutto passa.

5° giorno

L'indomani ci svegliamo con calma e gironzoliamo per casa. Ci infagottiamo con abiti pesanti e ce la prendiamo comoda. Che senso ha correre se siamo già in ritardo? Seguiamo il sentiero pedonale per i quattro isolati che ci separano dalla scuola di Wren. Non ci ero più passata, dal giorno dell'incidente, e procediamo con cautela. Wren è ormai troppo grande per tenermi per mano, ma è quello che fa, e mi stringe forte.

«Pensavo che siccome stasera non lavori, magari potrei preparare una piccata di pollo. L'angelo ci ha lasciato dei capperi, l'ultima volta, e in TV ho sentito una ricetta fantastica.»

«Okay» dico. Vorrei aggiungere tante altre cose, tipo quanto sono fiera e spaventata, ma ne abbiamo parlato abbastanza, ultimamente.

I nostri piedi affondano nella neve.

«A volte fare tardi è una bella cosa» osservo.

«Già.» Mi stringe la mano, e so che non lo fa solo perché è felice di stare con me, così vicino, ma anche perché questo è il punto dove si scende per arrivare al vagone ferroviario, alla roccia dove ci incontravamo io e Eden. Ricambio la stretta, e continuiamo a camminare nel silenzio interrotto soltanto dal cinguettio di qualche uccellino solitario tra gli alberi spogli.

Non so che problema abbia la macchina, ma quando dopo la scuola provo a mettere in moto per andare in ospedale, non parte. Posso farne a meno, credo, ma non avere neanche il cellulare e non sapere a chi rivolgermi... è troppo. Crollo a sedere in veranda, e Wren mi viene vicino. Le appoggio la testa sulla spalla. Fuori si gela, ma non ho la forza di entrare.

Avete presente quando dicono che piangere è un po' come sentirsi travolgere dalle onde? Non ne avevo mai capito il senso, finora, ma quando arriva la prima ondata, sento che sto provando a resistere. Cerco di tenere duro, di aggrapparmi al fondale. Mi si riempiono gli occhi ma... no, non voglio che le lacrime abbiano la meglio. Poi però succede, e io mi arrendo. Travolgono tutto, e io boccheggio come se mi soffocassero. Poi comincio a singhiozzare. Grandi singhiozzi ansanti che non riesco a controllare. Allora Wren mi stringe tra le braccia con tutte le sue forze. Sono lì fuori sulla strada e sto crollando, le onde si susseguono rapide, una dietro l'altra, senza quasi darmi il tempo di rifiatare. È così che si annega. Probabilmente fa proprio questo effetto. Ma poi sento che qualcosa che mi era rimasto intrappolato dentro se ne va, libera dello spazio, e tutto si calma. Tutto si calma proprio quando credevo che non sarebbe mai successo. Con la stessa velocità con cui è arrivato, ora mi lascia in pace. Sono svuotata.

Questa ondata si è portata via qualcosa.

«Ti voglio bene» dico a Wren. «Sul serio.»

«Ci conviene trovare un modo per andare in ospedale» risponde lei «se vogliamo tornare a casa in tempo per preparare la cena.»

«Vi porto io» dice la signora Albertson da dietro le nostre spalle.

La signora A. vuole aspettare, vuole riaccompagnarci a casa, ma le dico che non ce n'è bisogno, che ci sono Janie e John e che troveremo un passaggio, e io e Wren scendiamo dall'auto e attraversiamo il marciapiede sguazzando tra la neve semisciolta. Dentro l'ospedale, i nostri passi cigolano lungo i corridoi.

Quando arriviamo alla stanza di Eden troviamo Digby, Janie e John. I genitori sono seduti nelle poltroncine, Digby è da solo ai piedi del letto. Passa una frazione di secondo prima che si rendano conto della mia presenza, ma basta a farmi capire cosa significa essere una famiglia vera.

Significa essere fortunati.

Janie si alza all'istante. «Lucille!» esclama, e corre ad abbracciare Wren per poi sentirle la fronte. «Non credevo ce l'avresti fatta a venire, oggi.»

«Mi dispiace» le dico. «Non mi è partita la macchina.»

«Ci ha dato un passaggio la signora Albertson.»

Janie si irrigidisce un istante, ma torna subito la persona dolce che è. «Mi dispiace. Potevate chiamarmi.»

Sto cercando con tutte le mie forze di non guardare Digby, di non chiedermi dove sia Elaine. Non ho mai visto Eden così pallida. Si sta consumando.

«Niente?»

«Non ancora» risponde John. Nessuno dice una parola, lui si guarda intorno. Poi, come se la situazione fosse troppo pesante da affrontare, si tira su dalla poltrona. «A quanto pare il mio stomaco non conosce difficoltà. Vado a prendere un po' di sbobba da ospedale. Qualcuno vuole qualcosa?»

«Vengo con te» si offre Janie.

«Davvero?» chiede John, sorpreso.

«Certo» risponde lei. «E viene anche Wren.»

In poche parole sta lasciando me e Digby da soli. La nostra conversazione, ieri, ha preso una brutta piega. Le ho detto più di quanto fosse nelle mie intenzioni.

«Okay» fa Wren, un po' perplessa. «Ma ho dei progetti per cena, quindi non voglio rovinarmi l'appetito.»

«Che ne dici di una cioccolata calda?» le propone

Janie. «E poi mi racconterai di questi tuoi progetti.»

«Be', allora andiamo, signore» conclude John, guardando me e poi Digby come se cercasse di capire cosa c'è sotto. «Magari mi puoi spiegare cosa sta succedendo» sussurra a Janie mentre lasciano la stanza.

Vorrei spellarmi viva, strisciare via e scomparire dentro me stessa, per non riemergere mai più. Vorrei prendere la rincorsa e lanciarmi fra le braccia di Digby, saltargli addosso a cavalcioni come una cow-girl. Voglio il sole, un paio di cavalli sullo sfondo, mentre lui mi fa girare tutto intorno. La prima delle due opzioni sembra più plausibile, ma sono impossibili entrambe, quindi stringo più forte che posso la barra di metallo del letto, così non rischio di crollare. Sono su una barca che ondeggia e cigola. Soffro il mal di mare.

Più che vederlo, sento che si avvicina.

Più che vederlo, sento che posa la sua mano accanto alla mia, sopra il letto.

Lo sento, lo vedo, mi stringe la mano, intreccia le dita con le mie. La sua mano e la mia sono unite.

«Elaine?» gli chiedo.

Scuote la testa.

Ed è allora che mi bacia. In modo diverso da tutte le altre volte. Non è un bacio disperato, né rubato. È un bacio donato e ricevuto.

E capisco che è mio.

* * *

Eden non si sveglia dal coma. Niente squilli di trombe. Niente annunci della sua spettacolare guarigione. Non sussurra il nome di nessuno. Se ne sta distesa lì. Non succede niente di niente, a parte che Digby ci dà un passaggio a casa.

Digby non mi lascia mai la mano. Neanche quando i suoi genitori tornano nella stanza. Neanche quando ci avviamo insieme verso l'auto o quando cambia le marce. Mai. Succede solo questo.

Digby mi tiene per mano.

Quello che trovo quando arriviamo a casa mi spaventa a morte. In un primo momento sembra che delle strane creature stiano eseguendo chissà quale rito sinistro intorno alla mia auto, ma poi, quando la Bestia punta i fari sulla scena, vedo che intorno al cofano ci sono la signora Albertson, Andrew e il Fumatore Incallito.

Digby mi lascia la mano e dice: «Che significa?»

«Non ne ho idea» rispondo.

«Gli angeli! Gli angeli!» esclama Wren, tornando alla sua solita euforia di bambina. «Sono loro, gli angeli!»

«Oh, porca vacca» commenta Digby. «Mi sa tanto che ha ragione.»

«Serve una batteria nuova» dice il Fumatore Incallito.

È così magro che quando si mette di profilo praticamente scompare.

Sto cercando di capire cosa succede, e non è possibile, proprio non può essere che sia questa la spiegazione di tutto. Ci manca poco che io creda anche alle fate, agli gnomi e ai folletti. Perché?

«Ne porto una domattina» dice il Fumatore Incallito. «Sarà questione di una decina di minuti. Niente di che.»

«Ringrazialo» mi sussurra Digby.

«Grazie» farfuglio.

Andrew sembra perplesso. «Mi aveva detto che sarebbero tornate più tardi, cara la mia signora Albertson.»

«Be', non credevo arrivassero tanto presto.»

«Come fata-madrina sta facendo cilecca» continua Andrew. «Se non sta attenta le tolgo la bacchetta magica.»

La signora Albertson si mette a ridere.

Il Fumatore Incallito si riaggiusta la giacca e alza gli occhi al cielo, poi sgancia l'asta che tiene fermo il cofano e lascia che si richiuda. «E per questa sera ho finito. Io vado» dice.

«Torna subito qui, Karl» gli intima Andrew. Il suo cappotto nero di cashmere è pulito e ben spazzolato. Lo vedo anche se è buio, anche se il mio cervello sta cercando di capirci qualcosa.

Il Fumatore Incallito, che di fatto si chiama Karl, si dondola sui tacchi ed emette un fischio lievemente infastidito.

«Quindi voi sareste… che cosa?» chiede Digby, soffiandosi sulle mani. «Una cooperativa di guardiani benefattori o giù di lì?»

«Abbiamo visto che c'era bisogno di aiuto» risponde la signora Albertson.

«Lei è proprio buona» dice Wren prendendole la mano. «Lei è una persona incredibile.»

Mi sento in una realtà parallela, dove le persone sono generose e si comportano con spontaneità, e mi manca la terra sotto i piedi.

«Karl è amico di tua madre, sai» spiega Andrew.

«"Amico" forse è un po' troppo. Mi ha aiutato una volta» precisa lui. Ha una voce bassa e un po' roca, come se non venisse usata troppo spesso. «Cerco di non dimenticarlo mai.»

Ho paura a chiedere, ma devo farlo. «Sai dov'è?»

«Mi dispiace» risponde.

«Sai se ha intenzione di tornare?» insisto.

Quando lo vedo scuotere la testa, abbandono la speranza passeggera che il loro interessamento sia solo un gesto di generosità temporanea, perché sanno che tornerà presto.

«La vorresti, se decidesse di tornare?» mi chiede Karl.

Non lo so. Non ci avevo mai pensato. La rivorrei? Vorrei di nuovo papà? Proprio non lo so.

«Non sono domande da fare a una ragazzina» interviene arrabbiata la signora Albertson.

D'un tratto me li immagino, tutti e tre in casa mia, al supermercato a litigare su cosa comprare. Le tortine di pasta sfoglia sono state sicuramente una scelta di Andrew. Il Fumatore Incallito deve aver pensato al giardino. La signora A. probabilmente ha pulito casa e sfornato i muffin. Allora capisco.

Non ho mai avuto segreti. Mai.

«Perché non avete detto niente?» chiedo. «A me. A qualcuno, alle autorità? Perché avete fatto tutto questo?»

È la signora Albertson a parlare: «Quasi tutti in città hanno avuto modo di conoscere tua madre o tua zia Jan. Dio, me le ricordo quando erano bambine e io vivevo in fondo alla strada, nella casa grande. Ogni tanto venivano a trovarci. Cerchiamo di prenderci cura delle persone a cui teniamo. E a voi teniamo molto».

«Quello che state passando voi adesso lo hanno passato anche loro, all'epoca» dice il Fumatore Incallito. «Capisci?»

Sì, capisco. È stata zia Jan a tirare su mamma. Anche loro erano senza genitori.

«Non volevamo che vi sentiste sole» spiega la signora Albertson. «Perché di fatto non lo siete.»

«E poi, a fare qualche trucchetto ci si diverte» aggiunge Andrew.

«Ma già che ci siamo...» riprende la signora A. «Forse la cosa migliore è informare qualcuno di quello che sta succedendo. Pensavamo che tua madre sarebbe stata via solo qualche giorno, ma adesso è troppo.»

«Aspetta, aspetta» interviene Karl. «Ne abbiamo già parlato.»

«Karl non è entusiasta della proposta» dice Andrew tamburellando con le dita sul tetto della macchina. «Andiamo da me» aggiunge. «Ho un'idea.»

Digby mi bacia sulla testa. «Porto Wren in casa.»

Prima di arrivare alla porta, Wren dà a Karl un lunghissimo abbraccio che lo mette a disagio, come mi sentirei io se mi ritrovassi in una vasca piena di serpenti.

«Okay, okay» dice, divincolandosi dalla morsa di Wren. «Va bene. Basta così.» Sospira. «Te l'avevo detto» commenta rivolto alla signora A. «Certe cose è meglio che non si sappiano.»

È strano come la casa sembri diversa, adesso. Più piena, in un certo senso. Digby se ne va per tornare in ospedale. È come se anche la mia batteria interna si fosse ricaricata, e ora non riesco a stare ferma. Vorrei dipingere un miliardo di quadri, pulire tutto quanto.

Il pollo sfrigola nella padella, la pasta è in cottura, e quando io e Wren ci sediamo a tavola per cena, quasi non apriamo bocca. È tutto buonissimo, croccante e tenero al punto giusto, vellutato. Wren sarà una cuoca sopraffina, un giorno, ne sono convinta. Si raggomitola sul divano e si addormenta prima che io riesca a mandarla di sopra, così mi metto a vagare per casa come se le sue stanze potessero darmi risposte sul da farsi. Su cosa fare fino a che Digby non ritorna, fino a che non sappiamo come andrà con Eden, fino a che tutto il resto non si chiarisce.

Non basta un quadro, non basta neanche un miliardo di quadri. Non questa sera. Ho bisogno di altro. E così dipingo il cielo nella stanza di Wren. Lo faccio per lei. Lo faccio per mamma. Per papà. Lo faccio anche per mia zia Jan che non c'è più, portata via troppo presto da quella malattia al seno, la zia a cui assomiglio tanto. Ma soprattutto lo faccio per me stessa.

La sensazione del pennello in mano mi sorprende. È perfetto, si incastra a dovere, come un pezzo di me che non sapevo di aver perso. Come l'ultima volta. Mentre l'azzurro copre le macchie, mi calmo.

Domattina sarò esausta, ma adesso mi sento libera. Dipingo i profili delle pareti, seguo le linee alla perfezione, e accenno anche un balletto. Mi sfilo i jeans di mamma e rimango in canotta e mutande. E allora via, via con l'azzurro, azzurro su tutto, via ogni segno, ogni macchia, ogni brutta impronta sui muri. Muovo il sedere, ascolto la musica dalle cuffie, mi azzardo persino a canticchiare.

Quando ho finito, prendo il bianco e dipingo le finestre, coprendo la vernice ingiallita delle cornici.

Faccio tutto con calma, mi perdo tra scanalature, profili, angoli. È incredibile quello che riesce a fare la pittura, come possa rendere tutto più bello.

7° giorno

Sta sorgendo il sole. Ci saranno molte cose da fare, molte domande da porre, molte risposte da dare, ma in questo momento sono seduta in mezzo alla stanza e penso che sono riuscita a trasformare una cosa brutta in qualcosa di stupendo. Un po' come Andrew, la signora Albertson e Karl hanno fatto con me.

Voglio provare a comprendere mia madre, penso mentre ripongo tutti i vestiti che ho preso in prestito da lei negli ultimi mesi, li sistemo di nuovo nei cassetti, facendo piano per non svegliare Wren. Voglio sapere cos'è che porta una persona a fare quello che ha fatto lei. Forse è perché i suoi genitori sono morti quando lei era molto giovane. Né mamma né papà hanno più i genitori. Mi sembra una cosa assurda.

Forse mamma se n'è andata perché è stata cresciuta da sua sorella e sapeva che potevo farcela anch'io, che potevo gestire la situazione finché non fosse tornato papà. Forse ha pensato che non avrebbero mai potuto rimettersi insieme e che noi saremmo state meglio solo con lui. O forse tornerà a casa e tutto questo verrà archiviato come un brutto capitolo del passato.

Per certe persone, per esempio Janie, i figli sono una ragione di vita; per altri, come John, è il lavoro. Forse la ragione di vita di mamma era nostro padre, e senza di lui, quando lui non è più stato l'uomo che lei aveva sempre amato, è andata alla deriva. Quel numero, 3110, la data in cui ha conosciuto papà, era per lei la chiave di tutto, no? Forse ha cercato di costruire una famiglia insieme a lui, nonostante le difficoltà. Ha cercato di creare quello che aveva sempre desiderato avere, e quando ha capito che non funzionava, è crollata.

O forse non ha pensato niente di tutto questo. È possibile che fosse semplicemente arrivata al limite, che avesse toccato il fondo. Riappendo nell'armadio la sua gonna, quella che indossavo a Philadelphia, poi vado in camera mia. Sembra un luogo familiare, dove abitavo un tempo. Letto fatto. Fotografie di me e Eden. Di me e la mia famiglia, infilate nella cornice dello specchio sopra il comò. È calmo e tranquillo, qui dentro.

Sembra la stanza di una persona normale, ma so cosa ho dentro. Sono un mostro sputafuoco, e non mi lascerò sconfiggere. Mi sono davvero tuffata in un fiume gelato per tirare fuori Eden. Non potrei mai abbandonare Wren, e se papà dovesse impazzire un'altra volta, giuro che gli darò fuoco con le mie fiamme di drago.

Resterò ben salda con i piedi per terra, perché so che posso farcela. E so anche che se mai dovessi cadere, ci sono molte mani pronte a prendermi. Dopo tutto, Eden aveva torto riguardo a certe cose. Aveva torto su me e Digby. Mi piace pensare che lo sapesse già, che la sua anima si sia alzata in volo e sia venuta a trovarci, l'altra notte, proprio per dirmi con un sorriso che sapeva di tutte le cose belle che stavo per ricevere, che avrei aperto gli occhi e finalmente sarei riuscita a vedere tutto quanto. E se non dovesse funzionare, se Digby non volesse più tenermi per mano e io finissi in pezzi, mi rimetterei in piedi con le mie forze e tornerei quella di sempre. Che senso ha vivere, se non sei disposto a lottare per ciò che di vero hai nel cuore, se non sei disposto a rischiare qualche ferita?

Bisogna infuriarsi.

Sono distesa a letto tra le lenzuola, e cerco di addormentarmi.

Ma mia madre mi manca moltissimo. La accoglierei di nuovo, perché voglio perdonarla. Sento la sua mano liscia sul viso, sulla guancia, mentre il mio corpo diventa sempre più leggero.

Ricordo le sue parole: *Hai un cuore da eroe, piccola mia.*

Ancora 7° giorno

È passata quasi una settimana, da quando Eden è entrata in coma, e sembra una vita.

Vengo svegliata dal profumo della colazione. Wren è ai fornelli. Ha risistemato alcune cose in cucina, ha spostato le tazze dove prima c'erano i piatti, ha messo spezie e condimenti a portata di mano. Tutto quello che nel modo di fare di mamma sembrava casuale e improvvisato, con Wren assume un significato. È così... efficiente.

Io sono uno straccio, ma mi sento comunque sveglissima. Forse è la magia creativa. Si dice che gli artisti possano restare svegli per giorni e giorni, quando sono all'opera. Non ho certo dipinto una tela, ma c'era comunque un po' di magia in quello che ho fatto. Più tardi sono certa che avrò un crollo, ma per il momento sto bene. Sono pronta ad affrontare la giornata.

Apro l'ultimo cassetto, trovo la mia tuta e la infilo sopra una maglietta nera a maniche lunghe. Mi lavo i denti, la faccia. Mentre mi asciugo mi guardo allo specchio, e quello che vedo non mi dispiace. Occhi azzurri. Capelli biondo cenere. Labbro inferiore rotondo. Ciglia non troppo spelacchiate. Sono io. Non sono perfetta, ma neanche tanto male. Non sono mamma. Sono io, e mi ci sento.

Scendo di sotto.

«Voglio farmi la frangetta» annuncia Wren mentre rompe un uovo per cucinarlo al tegamino. «Posso?»

«Certo. Chiederò a Val da che parrucchiere va.»

Ha infilato due fette nel tostapane.

«Mi hai ridipinto la stanza» osserva, appoggiando un gomito al bancone della cucina. «Proprio come la volevo.»

Non trattengo un sorriso.

«È spaziale.» In un attimo, mi ritrovo davanti due meravigliose uova al tegamino su pane tostato.

«Grazie» rispondo.

Prende il ketchup e scrive un rosso TI VOGLIO BENE sulle mie uova.

Non mi piace il ketchup sulle uova, e lei lo sa, ma oggi le mangio anche così, e la salsa aggiunge una giusta dose di dolcezza.

«Non voglio più venire da Fred. Mi stanco troppo. Posso stare a casa da sola» mi dice.

È molto decisa in proposito. Lo vedo dal modo in cui risciacqua la padella.

«Devo parlarti di una cosa.»

Chiude il rubinetto.

«La signora A. ha detto che potrebbe occuparsi di te, magari dormire qui finché non compio diciotto anni, o finché mamma o papà non tornano. Ammesso che succeda.»

«Succederà.»

«Sì, forse hai ragione tu.»

Sento che mamma è là fuori, da qualche parte. Un'ondata la trascinerà di nuovo da noi, oltre la porta. Non mi aspetto che sia lei a sorreggermi, però. Mi aspetto di doverla prendere quando cadrà.

«Comunque» proseguo «la signora A. continuerà a stare perlopiù a casa sua, ma in questo modo se qualcuno dovesse venire a controllare come vanno le cose qui, vedrebbe che abbiamo un aiuto. Per esempio se volessi parlare con quella signora a scuola. Perché, come abbiamo detto, non devi più avere segreti.» Wren interrompe solo per un attimo quello che sta facendo, poi riprende. «Rimarrà a dormire nella stanza di mamma qualche volta, okay?»

«Okay.»

«Quindi io torno in camera mia, e tu torni nella tua, okay?»

«Okay» ripete. «Pensi che le piaccia cucinare?»

Mentre sta per dare un morso al toast le scivola un pezzo di burro sulla maglia.

Ed è allora che bussano alla porta. A questo punto, mi aspetto davvero chiunque. Magari è il Fumatore Incallito che viene a portare la batteria nuova per la macchina. E invece no. È proprio la persona che speravo di vedere.

«Ciao, Digby Jones» dico al suo bellissimo viso, stringendo la sua mano dolce.

«Ciao, Lucille Bennett.» Ha l'aria sconvolta, come se avesse mollato tutto all'improvviso.

«Che succede?» Non sono neanche le sette e mezza. Lo tiro per il braccio. «Vuoi entrare?»

No, mi dice. Vuole che io esca. E anche Wren. Subito.

Perché ha battuto le palpebre.

Eden ha battuto le palpebre.

Ringraziamenti

Scrivere un libro (almeno questo) è come percorrere una strada lunga e tortuosa, che è impossibile affrontare senza l'aiuto di molte mani, molte fonti di ispirazione, e la creatività di una città intera, anche se è solo un paesino. Tanto per cominciare, senza mio fratello Chris: non siamo gemelli, ma non potrei esistere senza di te, MAI. Senza i miei genitori ultraribelli, Dhyan Eagleton e Michel Meiffren; senza mio fratello Gabriel e le mie sorelle Renee, Celeste e Lili; senza la mia ventina di cugini, e i miei tanti zii e zie, io farei probabilmente una vita molto più regolare e quindi non avrei mai scritto questo romanzo. Quindi vi ringrazio di essere i coraggiosi spiriti liberi che siete.

Joy Romero, Jessie Woodall, Laine Overley, Shandra vom Dorp e Mindy Laks, mie sorelle, mie amiche per la pelle: sono onorata di vivere questa vita in vostra compagnia. Niko, Satya, Kaelin, Ryder,

Ruby, Oliver, Brytin, Louis, Violet, Janie e Mechi: vi voglio bene.

Cory, grazie per non esserti lasciato sorprendere. Sono così felice di avere avuto i miei figli insieme a te, e così grata degli anni che abbiamo passato insieme.

Eliam, mio compagno di avventura, grazie per la bellissima giornata a Philadelphia, per tutti gli anni di amicizia che ci sono stati prima e per tutti quelli che seguiranno. Sei incredibile.

Stu McKee, per vent'anni sei stato il miglior amico che una ragazza possa desiderare. Spero che lo sarai per altri venti.

Grazie ad Alex Eagleton, Elena Eagleton, Sarah Eagleton, Dani Kraiem, Robin Eagleton, SJ Drummey, Eric Rosse, Jill Bailey, Stephanie Payne, Tobias Duncan, Elisa Romero, Laura Evelyn, Amanda Jane, Amber Pinnow, Charly Mabry, Prairie Rose, Jesika Brenna, Zena Hodges, Robert Sandoval, Oliver Charity, David Adjmi, Bonnie Pipkin, Tessa Roehl, Rachel Bell, Anais Rumfelt, Andrew Nowick, Cynthia Olguin, tutto il clan dei vom Dorp, Dora McQuaid, i Robinson, Erin Eagleton, Ted Wiard, Lisa Lastra e Pamela Pereyra, perché siete tutti, indistintamente fantastici. In qualche modo ognuno di voi ha reso possibile questo libro, magari perché siete stati una fonte di ispirazione inconsapevole, o per aver attraversato tutto il Paese in macchina, per avermi detto una parola gentile nei momenti difficili, o per essermi stati di esempio con la vostra tenace creatività e determinazione. Conoscervi, avervi nella mia vita, mi rende una persona più che fortunata.

Grazie a mia madre perché a quattordici anni, anche se scalciavo, urlavo e strepitavo come una forsennata, mi ha trascinato in questa comunità vera, appassionata, aperta, anticonformista, libera, folle, talentuosa, radicale e mozzafiato. Taos, tu sei il mio cuore, il mio cuore e il mio battito. Allo chef Frederich Muller del ristorante El Meze, dico grazie di avermi permesso di usare il suo nome e il suo personaggio. È un genio. Un grazie culinario anche a tutti quelli del Taos Pizza Out Back per avermi concesso di urlare come una pazza alla notizia dell'uscita del libro, e aver saltato insieme a me dalla gioia.

Non sarei arrivata da nessuna parte senza il Vermont College of Fine Arts e l'atmosfera in stile Hogwarts che si respira nei suoi corridoi. Tutti, dall'amministrazione a ognuno dei saggi e generosissimi docenti, mi hanno offerto una casa e una famiglia di compagni scrittori di cui essere orgogliosa. Un ringraziamento speciale a Sharon Darrow, che mi ha accolto; ad April Lurie, che mi ha incoraggiato ad andare più a fondo; ad A.M. Jenkins, che mi ha insegnato a stanare le false emozioni sulla pagina e anche nel mio corpo, e dunque nella mia vita;

a Martine Leavitt, che mi ha insegnato che quando non c'è niente, non è perché sei stupido: semplicemente devi rimboccarti le maniche e costruire; e a Susan Fletcher, che ha colto le piccole cose ed è una delle persone più gentili che io conosca.

Al mio mentore informale, Matt de la Peña: non dimenticherò mai la lettura di *I Will Save You* e il momento in cui ho pensato: *Ecco cosa voglio fare*. E poi sei diventato mio amico, il che dimostra la mia tesi, e cioè che la magia esiste. Laura Ruby, la migliore prima lettrice del mondo: è stato un incontro fortunato, e se credessi alle coincidenze… ma no. Tutta magia! Siete la migliore nuova famiglia di amici che si possa sperare di avere. Vi voglio bene.

Mille grazie alla mia famiglia Folio, e a Emily van Beek in particolare. Emily, tu non sei solo un'agente meravigliosa, sei anche un capo fantastico, e una cara amica. Non hai avuto paura di fare il salto nel vuoto insieme a me, e per questo ti sarò sempre grata. Devo molto anche a Molly Jaffa, per il suo lavoro sul fronte estero. E grazie a ogni territorio straniero che ha lottato per avermi e ha permesso che il sogno di questo romanzo diventasse ancora più grande. A Elizabeth Bewley, la mia fantastica editor, e a tutto lo staff di HMH, dico grazie di aver scommesso su di me e di essere sempre stati meravigliosi. Mi è bastato aprire la tua lettera, per capire che eri quella giusta.

E sono infinitamente grata a ogni persona che prenderà in mano questo romanzo, ogni persona che capisce il valore della lettura, che dedica tempo a esplorare altri mondi, e condivide quel tempo con me.

Ai miei bellissimi figli, Lilu e Bodhi, la mia ragione di vita, dico grazie per la pazienza, l'amore, gli abbracci, e per il semplice fatto di esistere. Questo è per voi.

E, infine (*sigh*), Chris che non è mio fratello Chris: ti ho detto che non avrei saputo scriverti una canzone, così ti ho scritto questo. Come avete detto tu e Cormac McCarthy, bellezza e perdita sono tutt'uno.

Ma la bellezza vince su tutto.

Nella stessa collana

A. Plum, *Until I die*

M. McStay, *La strada che mi porta a te*

L. Rubin, *Deathdate*

A. Talkington, *Liv, forever*

S. Bowen, *Prendimi per mano*

S. Perkins, *Il primo amore sei tu*

J. Niven, *Raccontami di un giorno perfetto*

L. Hillyer, *Per un attimo e per sempre*

C. Philpot, *Nemmeno in paradiso*

P. Zannoner, *A piedi nudi, a cuore aperto*

K. McGarry, *Un'estate contro*

E. Cahill, *Regole d'amore per amici confusi*

R. Serle, *Io, Romeo e Giulietta*

S. Young, *The Program*

K. West, *Reflections*

S. Perkins, *Il primo bacio a Parigi*

A. Plum, *Die for me*

V. Roth, *Four*

J. Murphy, *Amore e altri effetti collaterali*

C. Moracho, *Althea & Oliver*

A. Carter, *Spy Girls - Me la cavo da sola ma insieme si spia meglio*

K. McGarry, *Scommessa d'amore*

H. Fitzpatrick, *Quello che c'è tra noi*

E. Lockhart, *L'estate dei segreti perduti*

A. Puleo, *Gli infiniti battiti del mio cuore*

A. Carter, *Spy Girls - Potrei stare ad aspettarti ma è meglio se ti vengo a cercare*

A. Carter, *Spy Girls - Non mi fido di te ma il rischio è il mio mestiere*

V. Roth, *Allegiant*

S. Winnacker, *Alter Ego*

K. McGarry, *Oltre i limiti*

A. Cremer, *Nightshade*

A. Cremer, *Wolfsbane*

E.J. Allibis, *Primal Spirit. Immortal*

E.J. Allibis, *Unika - La Trilogia*

A. Carter, *Spy Girls - Sono come mi vedi ma l'apparenza inganna*

A. Carter, *Spy Girls - Giuro di dire la verità ma tu non credermi*

A. Carter, *Spy Girls - Vorrei dirti che ti amo ma poi dovrei ucciderti*

A. Cremer, *Bloodrose*

E.J. Allibis, *Unika - Il Capitolo Segreto*

E.J. Allibis, *Unika - L'Ultima Porta*

E.J. Allibis, *Unika - La Fiamma della Vita*

V. Roth, *Insurgent*

S. Mlynowski, *10 cose che abbiamo fatto (e forse non avremmo dovuto)*

V. Roth, *Divergent*

K. Cashore, *Bitterblue*

K. Cashore, *Fire*

K. Cashore, *Graceling*

Finito di stampare nel gennaio 2016
presso PuntoWeb s.r.l., Ariccia (Roma)